Bibliografische Information der Deutschen Nationalbibliothek:
Die Deutsche Nationalbibliothek verzeichnet diese Publikation in der
Deutschen Nationalbibliografie; detaillierte bibliografische Daten sind im
Internet über http://dnb.d-nb.de abrufbar.

ISBN 978-3-89533-773-4

TIBOR MEINGAST

Der Zeuge von Lens

VERLAG DIE WERKSTATT

Numquam inutilis est opera civis boni.

(Die Mühen eines rechtschaffenen Bürgers sind nie nutzlos.
Seneca, De tranquillitate animi, Über die Seelenruhe)

1

Der Richter macht ihm Angst. Obwohl der Sozialarbeiter nur als Zuschauer im Saal 101 des Essener Landgerichts sitzt, trifft ihn der Satz des Juristen bis ins Mark. Zwölf Worte stellen an dem sonnigen Frühsommertag sein ganzes Leben auf den Kopf.

Burkhard Mathiak ist zum ersten Mal überhaupt in einem Gerichtsgebäude; berufliches und privates Interesse haben ihn dorthin gelockt. Das Strafverfahren, das er beobachtet, ist das brisanteste im ganzen Land, zwei Angeklagte kennt er persönlich – es geht um das Attentat auf den französischen Polizisten Daniel Nivel während der Fußballweltmeisterschaft 1998.

Mit den beiden gewaltbereiten Anhängern von Schalke 04 auf der Anklagebank hat Mathiak schon seit Jahren zu tun – als Leiter des Fanprojekts des legendären Gelsenkirchener Fußballklubs. Der Sozialarbeiter ist sogar direkt am Strafverfahren beteiligt: Viele Monate vorher hat er bei Polizei und Staatsanwaltschaft eine verdeckte Aussage gemacht, die zur Verhaftung des Haupttäters führte.

Die Worte von Richter Rudolf Esders an diesem Vormittag im Juni 1999 kann Mathiak noch Jahre später wörtlich zitieren: »Ich werde alles Menschenmögliche tun, um herauszufinden, wer der anonyme Zeuge ist.«

Wie kann das sein? Die Anonymität seiner Aussage ist ihm doch ausdrücklich zugesichert worden.

Völlig überrascht ist Mathiak aber nicht. Ihm ist klar geworden, dass es jetzt auf sein Wissen ankommt, denn der Prozess läuft nicht so, wie er sich das auf seinem Platz in der letzten Reihe der Zuschauer erhofft hat. Den Sitzplatz hat er nur mit Mühe ergattert, obwohl er extra früh gekommen ist; so gewaltig ist das öffentliche Interesse an dem Kriminalfall. Rund um das Justizgebäude in der Essener Zweigertstraße stehen mehrere Fernsehübertragungswagen deutscher und französischer Sender. »Ich hatte darauf gehofft, dass die Aussagen der an diesem Tag befragten Polizisten dazu beitragen würden, das Ganze zu beenden«, erinnert sich Burkhard Mathiak. Dann hätte sein eigenes Zeugnis an Gewicht verloren und er wäre wohl nie öffentlich vernommen worden. Denn obwohl der Prozess in Essen nun schon einige Monate dauert, ist seine Identität als entscheidender Belastungszeuge immer noch weitgehend unbekannt. Nur seine Freundin und ganz wenige Beamte von Polizei und Staatsanwaltschaft wissen Bescheid – aber nicht einmal der zuständige Richter Rudolf Esders.

»Jetzt wurde es eng. Mir war sofort klar: Jetzt muss was passieren«, erinnert sich Mathiak. Nur was? Bisher hat er außer mit seiner Partnerin noch mit niemandem über das heikle Thema sprechen können. Er grübelt im Auto auf dem kurzen Weg aus Essen ins Büro des Fanprojekts in Gelsenkirchen, abends auf der Fahrt von der Arbeit nach Hause nach Kürten im Bergischen Land und in den unruhigen Nächten danach.

»Wie groß ist die Gefahr? Für die Familie? Die Freundin? Kann meinen Kindern etwas passieren, wenn das rauskommt?« Das Entsetzen von Lens hat nun, fast ein Jahr nach dem Verbrechen, auch ihn erreicht.

Und die Situation spitzt sich binnen weniger Wochen weiter zu. Das zeigt sich Ende August, als die Fußball-Bundesliga in die neue Saison startet, im ungastlichen Gelsenkirchener Hauptbahnhof. Diesem selten düsteren Bauwerk aus dem 19. Jahrhundert konnten weder mehrere große Umbaumaßnahmen noch die Sonne einen Schimmer von Behaglichkeit verleihen.

Die Fans strömen zum Schalker Parkstadion, wo an diesem Samstagnachmittag Arminia Bielefeld zu Gast ist; für Burkhard Mathiak beginnt gerade sein Arbeitstag als Fanbetreuer. Der Polizist, der lässig am Geländer lehnt, spricht den vorbeilaufenden Mathiak an: »Burkhard, das wird das letzte Heimspiel sein, das du siehst.« Seit Jahren begegnet er vor Schalker Heimspielen den Kommissaren Martin Krahe und Ralf Theile. Sie stehen am Anfang ihrer Schicht als »szenekundige Beamte«. Sie haben eine Übersicht über die gewaltbereite Szene am Rand der Fußball-

spiele und sollen möglichst handgreifliche Auseinandersetzungen im Umfeld der Stadien verhindern oder, falls
das nicht gelingt, wenigstens an der Strafverfolgung mitwirken. Noch ist Zeit für einen Plausch, doch an diesem
Tag fällt der ernster aus als sonst.

Die Voraussage des Polizeibeamten betrifft ja nicht nur
den banalen Besuch von ein paar Fußballspielen, die Probleme reichen jetzt viel weiter: Seinen Job kann der damals
32 Jahre alte Mathiak verlieren, vielleicht wird er in ein
anderes Land ziehen müssen – und sogar Schlimmeres ist
denkbar. Denn inzwischen wird der Sozialarbeiter ernsthaft bedroht – mit körperlicher Gewalt und sogar mit
Mord.

Was Martin Krahe vorhersagt, mag Mathiak, der meist
gut gelaunt und optimistisch durchs Leben geht, zunächst
kaum glauben: »Ich dachte erst, der veräppelt mich.« Doch
er muss erfahren, dass in der Szene sehr konkrete Dro-
hungen kursieren. Burkhard Mathiak schützt allein noch
die Tatsache, dass so wenige Menschen seine Identität als
Belastungszeuge kennen. Aber die Verfolger sind ihm auf
den Fersen. Sie wissen, dass es einen solchen Zeugen gibt,
und arbeiten an dessen Enttarnung. Kommissar Krahe
berichtet: »Du glaubst nicht, was die alles tun, um rauszu-
kriegen, wer es ist.«

Dem langweiligen Fußballspiel, einem 1:1, folgen weitere unruhige Nächte. Die Ungewissheit quält Burkhard
Mathiak: »Was wird aus meinem Leben?«

2

Lens ist eine seltsame Stadt. Selbst an einem strahlenden Sommertag wirkt sie nicht besonders einladend. Nichts wirklich Störendes, doch auch nichts, das einen auf Anhieb lockt, fasziniert oder einem wenigstens auffällt.

Da ist Lens Gelsenkirchen sehr ähnlich – und nicht nur in diesem Aspekt. »Die Stadt atmet und lebt Fußball«, sagt Philippe Ramet, Journalist des kleinen Blattes »La Voix du Nord«, und auch die wirtschaftliche Tradition ist mit der Stadt im Ruhrpott identisch. Das Departement Nord Pàs de Calais, in dem die französische Kleinstadt liegt, steht wie das Ruhrgebiet für den Strukturwandel eines früheren Kohlenreviers, gilt als eine der sozial schwierigsten Regionen Europas. Lens ist nicht hässlich: dominiert von sympathischem rotem Backstein, ohne Hochhäuser, kaum ein Gebäude hat mehr als drei Stockwerke. Die Innenstadt besteht aus wenig mehr als vier Straßen und doch ist sie mit relativ vielen feinen Bekleidungsläden lebendiger als manche Großstadt im Ruhrgebiet. 35.000 Einwohner hat die Kommune 200 Kilometer nördlich von Paris, so klein war seit 1958 kein Austragungsort bei einer Fußball-Weltmeisterschaft. Damals fanden zwei Spiele im schwedischen Sandviken statt.

Der Tatort vor dem Haus Nummer 74 in der Rue Romuald Pruvost ist mehr als ein Jahrzehnt danach so bizarr wie Lens selbst. Er befindet sich nahe am Zentrum und doch abgelegen – und wirkt selbst an einem sonnigen Julimorgen eher unfreundlich. Verlässt man den kleinen Bahnhof, kommt man in die Rue de Paix, die Straße des Friedens, wo die Jugendlichen auf den Bürgersteigen an den Tischen der Cafés sitzen, lachen und plaudern. Die erste Querstraße ist die Rue Pruvost, benannt nach einem früheren Stadtrat, der Ende des Zweiten Weltkrieges bei einem Luftangriff im Alter von 43 Jahren verstarb. Wendet man sich auf dieser schmalen Straße nach links, gibt es zunächst noch einige Geschäfte, später Wohnhäuser und auch die Musikschule »Frédéric Chopin«. Hundert Meter weiter beginnt jedoch, nach der Einmündung der Rue Letienne, die direkt vom Bahnhof kommt, ein ungemütlicher Straßenabschnitt. Er ist dunkler, weil links hinter einem Maschendrahtzaun hohe Erlen, Eichen und Buchen lange Schatten werfen, die Häuser auf der rechten Seite sind heruntergekommen, der Belag auf dem schmalen Bürgersteig teilweise aufplatzt und nicht repariert. Gleich hinter den Bäumen verlaufen Bahngleise und Oberleitungen mit Transistoren, am Ende beschreibt die Straße hinter einem halben Dutzend einfacher Garagen eine Rechtskurve und führt zum »Rondpont Bollaert«. Dieser kleine Kreisverkehr hat Abzweigungen zu einer Bahnunterführung Richtung Westen, zurück zur Fußgängerzone, stadtauswärts und über einen winzigen Park, den Jardin Public, zum nahen Stadion Félix Bollaert.

Das vorletzte Haus auf der rechten Seite in der Rue Pruvost ist unbewohnt – Tür und Fenster sind zugemauert. Das letzte Haus vor den Garagen und der Kurve ist das mit der Nummer 74. Rote Klinkersteine sind über den weißen Sockel gesetzt, im Türglas klebt ein Hinweis auf kinderärztliche Untersuchungen, weist das Gebäude als Außenstelle einer Behörde aus: »Abteilung Solidarität«.

Die Hausnummer 74 ist auf dem erschreckenden Foto deutlich zu erkennen, das den Mordversuch an Daniel Nivel zeigt und seit 1998 die Welt schockiert. Ein Mensch liegt leblos auf dem Boden, nur seine Beine in den Polizeistiefeln und ein Teil seiner Brust sind zu sehen, fünf andere sind um ihn herum in Bewegung. Ein Mann in einem hellblauen T-Shirt bückt sich und schlägt in der Mitte des Bildes mit einem von seinem Körper verdeckten Gegenstand auf den wehrlosen Polizisten ein, rechts dahinter startet ein junger Mann in dunkler Hose und dunklem Shirt wie ein Sprinter seine Flucht, und ein anderer geht nach vorne weg. Links neben dem Schläger macht ein Mann in Jeans und schwarzem Shirt eine Drehung – und ganz links setzt ein Mann mit Schirmmütze gleichfalls zum Rückzug an.

Dass Burkhard Mathiak sich am Tag des Verbrechens in Lens befindet, ist ein Zufall und hat mit seinen späteren Schwierigkeiten nichts zu tun. »Es wäre genauso gekommen, wenn ich nicht dort gewesen wäre«, sagt er heute.

Fußballfan Mathiak sieht am 21. Juni 1998 nicht viel mehr als das Fußballspiel zwischen Deutschland und Jugoslawien. Seine Kenntnisse, die später in den Gerichtsprozess einfließen werden, hat er nicht aus Frankreich, sondern von seiner Arbeit in Gelsenkirchen als Betreuer für Problemfans von Schalke 04.

Und von denen sind an diesem Sonntag viele in die nordfranzösische Kleinstadt gereist, mit Autos zumeist, denn die Bereitstellung eines Busses aus der Ruhrgebietsstadt hatte nicht geklappt. »Ich denke, hundert bis hundertfünfzig waren damals dort«, erinnert sich Burkhard Mathiak. Es ist der zwölfte Tag der 16. Fußball-Weltmeisterschaft; drei Spiele finden bei warmem und wolkenlosem Wetter statt, das brisanteste davon am Abend in Lyon, wo sich die USA und der Iran zum politisch so heiklen Vergleich treffen. Darauf legt die französische Polizei ihr Hauptaugenmerk, verweigert an der belgisch-französischen Grenze 500 iranischen Fußballfans die Einreise – aus Sicherheitsgründen. Die beiden Gegner spielen in der Vorrundengruppe F, wie vorher nachmittags um halb drei in Lens Deutschland und Jugoslawien.

In der Kleinstadt herrscht eine explosive Stimmung. Auf dem Boulevard Emile Basly, der Haupteinkaufsstraße, drängen sich in den Bars und Cafés die Leute – 41.000 Zuschauer und etwa 20.000, die ohne Eintrittskarten angereist sind, haben die Zahl der Menschen in Lens für ein paar Stunden verdreifacht. In der Fußgängerzone ist das Gedränge größer als im Fußballstadion. »Die ganze Atmosphäre war gewaltig aufgeladen«, blickt Mathiak zurück. »Irgendwie hat jeder gemerkt, hier geht was schief.«

Ähnliches beobachtet auch der Polizeibeamte Jörg Stepping, den die Zentrale Informationsstelle für Sporteinsätze (ZIS), eine Dienststelle der Polizei Nordrhein-Westfalens, dorthin geschickt hat, weil sie dem Spiel besondere Brisanz einräumt. Die ZIS sammelt seit Anfang der neunziger Jahre Informationen über Personen, die im Umfeld von Fußballspielen Straftaten begehen, in ihrer Datei »Gewalttäter Sport«, wertet diese aus und koordiniert die Sicherheitsmaßnahmen. Die Behörde hat z. B. auch Einfluss auf die Terminplanung der Bundesliga, sorgt dafür, dass Spiele mit besonders hohem Risiko von Ausschreitungen in räumlicher Nähe nicht gleichzeitig stattfinden und dass gefährliche Begegnungen statt in Abendstunden nachmittags ausgetragen werden, wenn die Schutzmaßnahmen im Hellen leichter durchzuführen sind. Sie verhindert durch ihren Einfluss auf die Terminpläne auch, dass die Problemfans zweier Vereine auf der An- und Abreise an einem Bahnhof unterwegs aufeinandertreffen. Die ZIS hat die szenekundigen Beamten und entsprechende Abteilungen in den Polizeipräsidien der Städte mit großen Vereinen bis in die vierte Liga eingeführt und begleitet Spiele und Reisen der deutschen Nationalmannschaft.

Stepping kennt sich damals besonders gut mit den Anhängern von Bayern München aus und weiß aus Informationen der ZIS: »Lens war von allen Spielorten am nächsten zu Deutschland, und in den einschlägigen Foren galt gerade dieses Spiel als ›Highlight‹ für die Hooligans.«

15

Mathiak hat vor der Weltmeisterschaft von einem Vorgesetzten bei Schalke 04 eine Eintrittskarte geschenkt bekommen und ganz privat diese Reise angetreten, ohne jede berufliche Verpflichtung und auch ohne Begleitung. Eine zweite Eintrittskarte war unmöglich zu kriegen. Mathiak parkt sein Auto auf einem Zuschauerparkplatz nahe der Autobahnabfahrt und spaziert durch die Innenstadt zum Stadion. Wegen des unerfreulichen Klimas im Stadtzentrum verzichtet er auf den geplanten Kneipenbesuch und begibt sich trotz der Mittagshitze schon mehr als eine Stunde vor dem Anstoß auf seinen Tribünenplatz im Stadion. Das ist, wie er weiß, in solchen Fällen der sicherste Ort in der ganzen Stadt.

Derweil begegnen sich am winzigen Bahnhof, in dem es gerade einen Kiosk und den Zugticketverkauf gibt, ein paar Deutsche, die der Zufall und eine gemeinsame Neigung zusammenführen: Die Männer prügeln sich gern. Da das im Umfeld aggressiver, grölender, oft auch angetrunkener Fans ohne besondere Verabredung leicht möglich ist, passiert so etwas häufig am Rand von Fußballspielen. Die gut 600 Begegnungen beispielsweise, die jedes Jahr in der ersten und zweiten deutschen Bundesliga stattfinden, ziehen einen üblen Rattenschwanz von Gewalttaten hinter sich her. Die Statistik der Zentralen Informationsstelle weist pro Jahr regelmäßig knapp 5.000 eingeleitete Strafverfahren aus, mehr als 6.000 vorübergehende Festnahmen, etwa 500 Verletzte und jahrein, jahraus weit mehr als eine Million Arbeitsstunden der Polizei.

Auch an diesem Junitag in Lens sind reichlich Polizeikräfte aufgeboten, um Gesetzesverstöße zu verhindern: von der Gendarmerie mobile, von der CRS, einer französischen Spezialeinheit, sowie sechs szenekundige Beamte aus

Deutschland. Die sind zwei Tage vorher aus Paris angereist, von der Begegnung zwischen Deutschland und den USA, wo es bereits Ausschreitungen deutscher Anhänger gegen die Polizei gab. Zwei Deutsche wurden im Schnellverfahren zu kurzen Haftstrafen verurteilt, zwei andere abgeschoben. Das weiß die französische Einsatzleitung, weitere ähnliche Vorkommnisse wurden ihr gemeldet. Auf Drängen der deutschen Kollegen haben die französischen Behörden noch zusätzliche Unterstützung angefordert, so dass der ZIS-Beamte Jörg Stepping bilanziert: »Am Spieltag waren ausreichend Kräfte dort.«

An den Tagen vor dem Spiel fühlen sich die deutschen Polizisten in der Kleinstadt zunächst wohl, erkunden am Freitag und Samstag gemütlich die Gegebenheiten. Doch als sie am Sonntagmorgen kurz nach acht Uhr zu ihrer Besprechung fahren, bietet sich Stepping »ein ganz anderes Bild. Besonders auf den Treppen vor dem Bahnhof waren viele deutsche Problemfans und versorgten sich mit Alkohol. Das war nicht das Lens wie vorher.«

Es sind nicht nur die üblichen Verdächtigen anwesend, die der Polizeioberkommissar aus seiner Arbeit in Deutschland kennt: »Es waren viele Unbekannte dort, die sich sonst nicht in der Hooliganszene bewegten.« Szenekundige Beamte und ihre Klienten kennen sich meist zumindest vom Sehen. Das ist die Taktik der Polizei: Wer sich erkannt fühlt, kann nicht mehr einfach in der Masse untertauchen und verstößt deshalb seltener gegen die Regeln. Daher geht Stepping, wie er es immer macht, auch an diesem Tag auf die Leute zu, »damit sie wissen, dass sie sich nicht mehr anonym bewegen«.

Am Bahnhof ist es ungemütlich. Frank A.[1], ein Hooligan aus Gelsenkirchen, der später in Lens straffällig werden wird, erinnert sich: »Als wir dort ankamen, war schon alles voller Deutscher. Die haben richtig Krawall gemacht, es wurde mit Tränengas rumgeschossen und so, es herrschte von Anfang an eine total aggressive Stimmung.«[2] Die Schläger haben diesmal ein Problem. Die Handyleitungen sind gestört, die Absprachen über ein Treffen zur Randale sind deshalb nicht so einfach wie sonst. Die Stimmung ist besonders grimmig, denn für das schon lange ausverkaufte Spiel im kleinsten Stadion dieser Weltmeisterschaft hat fast keiner von ihnen eine Karte ergattern können – und die immensen Schwarzmarktpreise kann sich niemand leisten. Von bis zu 2.000 Mark ist die Rede.

Die übliche Streitsucht der Hooligans wird geradezu potenziert durch Mängel in der Arbeit der Sicherheitskräfte. Es fehlen genügend Fanbetreuer und szenekundige Beamte aus Deutschland, die französische Polizei verhält sich »ambivalent«, wie ein Augenzeuge es später beschreibt. Sie setzt den Chaoten fast keine Grenzen, greift nicht einmal ein, als Stühle fliegen. Das deuten die Aggressoren als Duldung ihrer Straftaten.

Um 14.30 Uhr pfeift der dänische Schiedsrichter Nielsen im Stadion das Spiel an, und in der weniger als einen Kilometer entfernten Innenstadt, wo ein geplantes Public Viewing abgesagt wurde, ebbt die Welle der Gewalt ein wenig ab, weil ein Teil der Hooligans die Begegnung an Fernsehern in den Kneipen verfolgt. Stepping: »Während des Spiels herrschte relative Ruhe.« Zunächst bleibt es bei kleineren Zwischenfällen, eine Polizeikette verwehrt einer größeren Gruppe deutscher Hooligans den Weg zum Stade Bollaert. Stühle vor Cafés wurden schon vorher umgestoßen, Scheiben gingen zu Bruch, jetzt fliegen auch Flaschen. Die Festnahmen von Gewalttätern erfolgen eher diskret, die Gendarmerie zeigt – anders als das in dieser Zeit beispielsweise in Deutschland üblich ist – wenig Präsenz. Die Rowdys haben das Gefühl, sie kommen ungeschoren davon.

Im Stadion entwickelt sich eine interessante Partie, in der Lothar Matthäus einen Weltrekord aufstellt: Er bestreitet sein 22. WM-Spiel, so viele wie noch nie ein Spieler vor ihm. Er kann aber nicht verhindern, dass Jugoslawien früh durch Predrag Mijatovic in Führung geht; zu Beginn der zweiten Halbzeit erhöht Dragan Stojkovic auf 2:0. Deutschland gleicht durch einen abgefälschten Freistoß von Michael Tarnat und einen Kopfball von Oliver Bierhoff noch aus; das Spiel endet 2:2. Im Restaurant, in dem Frank A. das Spiel sieht, schaltet der Wirt schon nach dem Ausgleich zehn Minuten vor Schluss das Fernsehgerät aus. »Da ging es dann rund, es sind Stühle durch die Scheiben geflogen, die haben das Ding komplett auseinandergenommen«, berichtet A. Das ist kein Einzelfall, Gewalt liegt über der ganzen Stadt.

»Aus der Gruppe heraus wurden Autos beschädigt, Antennen abgebrochen, Dosen und Flaschen geworfen, Passanten attackiert, Telefonzellen demoliert«, steht im Urteil des Landgerichts Essen vom 9. November 1999, mit dem vier Angreifer zu Haftstrafen verurteilt werden. Einer davon, André B.[1], wird später behaupten, er habe so viel Alkohol getrunken, dass er seinen Rausch auf einem Grünstreifen ausgeschlafen habe und dann von diesem Gegröle wach wurde.

Eine gute Viertelstunde nach Spielende, gegen 16.40 Uhr, befinden sich B. und der wie er aus dem Ruhrgebiet stammende Frank A. in einer Gruppe von etwa 50 Leuten, die versuchen, aus dem Zentrum von Lens zum Stadion zu kommen, um sich mit jugoslawischen oder mit englischen Hooligans zu prügeln, die sie ebenfalls in der Stadt vermuten. Die Polizeikräfte verhindern das an verschiedenen Stellen, wo sie meist mindestens im Dutzend auftreten.

Doch am Ende der Rue Pruvost befinden sich nur drei Beamte: Daniel Nivel aus dem nahen Städtchen Arras, 43 Jahre alt, verheiratet und Vater zweier Kinder, Jean-Michel Zajac und Jean-Bernard Douvrin. Die Ausrüstung des Trios wirkt zwar abschreckend: der dunkelblaue Helm, eine Sicherheitsweste, hohe Stiefel, Beinschützer und Gewehre. Aber die Waffen sollen eher Furcht einflößen, als wirklich zum Einsatz kommen. Weder Pistolen noch Gummiknüppel haben die Polizisten, die Gewehre sind nicht geladen, wie später im Prozess einer der Gendarmen erklären wird. »Wenn man bei der Gendarmerie für Ordnung sorgt«, führt er aus, »dann darf man das nicht mit geladener Waffe tun. Es ist eine Dienstanweisung, dass die Patronen am Gurt sein müssen. Sie werden nur benutzt, wenn man auf uns schießt.«

An dem Nachmittag in Lens ist den drei französischen Polizeibeamten zunächst offenkundig langweilig, einer von ihnen hat kurz zuvor noch mit einem zehnjährigen Jungen Fußball gespielt. Doch dann schlägt die Stimmung um, einer der drei Polizeibeamten warnt eine Passantin: »Gehen Sie nach Hause, es wird einen Sturm geben.«

Einer der aggressiven Schlachtenbummler soll gebrüllt haben: »Jetzt gehen wir auf die Bullen los, aus denen machen wir Brei!« Etwa sieben Hooligans stürzen sich auf die Polizisten; die haben nicht einmal mehr Zeit, ihre Gewehre mit Tränengas zu laden. Als Erster, so die Staatsanwaltschaft später, stürmt ein großer und mehr als hundert Kilogramm schwerer Mann auf die drei französischen

20

Gendarmen zu. Seine Identität wird die Polizei nie ermitteln können. Ein anderer Angreifer hat sich eine Werbetafel aus Holz gegriffen, die an einer Garage lehnte, und schlägt damit auf Daniel Nivel ein, während Zajac und Douvrin sich zurückziehen können. Nivel stürzt aufs Straßenpflaster und verliert seinen Helm. »Mehrere Hooligans scharten sich um den am Boden Liegenden und versetzten ihm von allen Seiten Schläge und Fußtritte«, steht in dem Essener Gerichtsurteil. B. hebt den Aufsatz des Gewehres von Daniel Nivel auf und schlägt ihm damit mehrmals kräftig auf Kopf und Oberkörper. Als einer der beiden Kollegen Nivels eine Tränengasgranate abfeuern kann, die mit lautem Knall detoniert, flüchten die Hooligans. Die Gewaltorgie hat nur etwa eine Minute gedauert.

Vom Anschlag auf den Polizisten erfährt Burkhard Mathiak an diesem Abend noch nicht. Er vermutet zwar schon in Lens, dass etwas passieren würde – zu aggressiv ist die Stimmung, zu passiv die Polizei. Aber konkrete Kenntnisse hat er noch keine, als er zwei Gehminuten vom Tatort entfernt in einen Shuttlebus steigt. Der Bus bringt ihn auf den großen Parkplatz vor der Stadt zu seinem dort abgestellten PKW, mit dem er nach Hause ins Bergische Land fährt. Während der drei Stunden auf der Autobahn telefoniert er viel, erfährt dabei immerhin schon, dass »etwas mächtig schiefgegangen« ist.

Der bayerische Polizeibeamte Stepping erlebt am Abend noch einen schlimmen Schock. Bei einer Nachbesprechung mit den französischen Kollegen auf einem Revier in Lens macht eine Falschmeldung die Runde: »Ein französischer

Polizist kam in die Sitzung und sagte, der Kollege sei tot.« Fassungslosigkeit macht sich unter hartgesottenen Männern breit. Stepping: »Eine Welt ist zusammengebrochen. Erwachsene haben richtig geheult.« Das aggressive Klima auf den Straßen der Kleinstadt an diesem Tag empfand er übrigens gar nicht mal als so extrem, in Paris beim ersten deutschen Spiel sei es genauso gewesen.

Aus »sicherheitstechnischen Gründen« werden die deutschen Beamten dann von dem Einsatz abgezogen, machen nur noch aus dem Auto einige Beobachtungen. Im Rückblick sieht der szenekundige Beamte ein Versäumnis, das zur Eskalation an diesem Tag mit beitrug: Aus seiner Sicht sei »etwas falsch gelaufen mit der Kartenvergabe«. Nur Menschen mit Beziehungen zum DFB oder großen Klubs oder anderen Organisationen seien an die begehrten Tickets gekommen, darüber haben sich viele Anhänger beschwert: »Für normale Fußballfans gab es nichts. Es war auch keine WM-Atmosphäre nahe der Stadien.«

Die Ermittlungen der Kriminalpolizei beginnen noch am Tattag. Es geht um versuchten Mord, denn Daniel Nivel wird mit lebensgefährlichen Verletzungen in die Universitätsklinik nach Lille gebracht. Sehr schnell wird klar, dass der Polizist dauerhafte Schäden im Gehirn davontragen und auf Pflege angewiesen sein wird. Die außergewöhnlichen Umstände des Verbrechens jedoch erschweren die Arbeit der Strafverfolgungsbehörden erheblich. Eine Zufallsgemeinschaft von Männern aus verschiedensten Städten in Deutschland hat außerhalb der Landesgrenzen einen Mann fast zu Tode geprügelt – schon die Zuständigkeit für die Ahndung dieses Delikts ist kompliziert.

In Lens wird der aus Hannover stammende Markus C.[1] verhaftet und die französischen Behörden bitten die deutschen Kollegen um Amtshilfe. Die deutsche Polizei soll zunächst einmal Informationen über C. und sein Umfeld sammeln. Die Franzosen wollen insbesondere wissen, welche Vorstrafen C. hat, und wenden sich deshalb an die Dienststelle in der niedersächsischen Hauptstadt.

»Wir wussten schnell, dass 50 Personen aus Hannover dort gewesen sind«, erinnert sich Hauptkommissar Hans-Hermann Tilmans, der damals in der Polizeidirektion ein Kommissariat für Tötungsdelikte leitet. Mit einem Bus war diese Gruppe der Randalierer nach Lens gereist; Sachbeschädigungen an diesem Bus, Gewalt gegen andere Gegenstände und auch »andere Straftaten aus dem Umfeld« sind schon 48 Stunden nach dem Verbrechen aktenkundig. Der Zentralen Informationsstelle Sporteinsätze liegt sofort eine Liste von in Frankreich festgenommenen Personen vor, aus der hervorgeht, dass sie aus ganz Deutschland stammen.

Es ist das Thema der Woche, noch wichtiger als das Abschneiden der deutschen Mannschaft in Frankreich, der Medienrummel riesig. Eine Aussage des Präsidenten des Deutschen Fußball-Bundes (DFB), Egidius Braun, wird so interpretiert, er habe sogar einen Rückzug der deutschen Nationalmannschaft aus dem Turnier und seine persönliche Heimreise erwogen. Politiker geißeln die grausame Tat, die Welle der Empörung ist groß, das Verbrechen betrifft jetzt die ganze Republik. Aber keine Staatsanwaltschaft in Deutschland will den mit großem Fahndungsaufwand verbundenen Fall übernehmen.

Die deutschen Nationalspieler erfahren am selben Tag noch, was passiert ist. Oliver Bierhoff, damals Torschütze, heute Manager der Nationalmannschaft, im Rückblick: »Wann wir das erste Mal von dem Vorfall gehört haben, weiß ich nicht mehr genau, jedoch gab es abends im Hotel die ersten konkreten Informationen und Diskussionen.« Olaf Thon, der in Lens sein 51. Länderspiel absolviert, hat »daran gar keine Erinnerung«. Eine sehr große Rolle spielt der traurige Vorfall in der Mannschaft von Bundestrainer Berti Vogts nicht. Auch Bierhoff sind im Rückblick auf diese Weltmeisterschaft 13 Jahre danach andere Dinge präsenter. 1998 sei schließlich sein »sportlich interessantestes und bestes Jahr« gewesen, mit dem Wechsel als Torschützenkönig der Serie A aus Udine zum Weltklub AC Mailand. Lieber ruft er sich ins Gedächtnis, dass er »bei der WM alle fünf Turnierspiele neunzig Minuten durchgespielt und drei Tore gemacht« hat.

»Ein besonderes Thema« ist es im Mannschaftsquartier an der Cote d'Azur an diesem 21. Juni aber schon. Bierhoff: »Wir haben an dem Abend viel darüber gesprochen. Auch bei uns herrschten Fassungslosigkeit und Unverständnis, wie es zu solchen Taten kommen kann.« Außerdem sind »wir als Spieler daran interessiert zu erfahren, was dieser Vorfall für uns als Mannschaft im weiteren Verlauf dieses Turniers bedeuten konnte. Es gab ja sogar Gerüchte vom Rücktritt der Mannschaft oder Ausschluss der Fans im Stadion.«

Am nächsten Vormittag nimmt Egidius Braun in Paris völlig aufgelöst an einer Dringlichkeitssitzung des WM-Organisationskomitees teil. »Herr Braun hat die Sitzung mit Tränen in den Augen verfolgt«, berichtet der französische Verbandspräsident Claude Simonet. Der DFB und der Fußball-Weltverband FIFA dementieren eilig die Gerüchte über die Rückzugsgedanken des deutschen Teams von der WM wegen der schweren Ausschreitungen. DFB-Generalsekretär Horst R. Schmidt sagt: »Die Mannschaft hat doch damit nichts zu tun.«

Als »Schande für Deutschland« brandmarkt Bundeskanzler Helmut Kohl das Verbrechen. Außenminister Klaus Kinkel sieht darin ein »Krebsgeschwür der Fußballwelt«, Bundesarbeitsminister Norbert Blüm »eine Kriegserklärung an unsere europäische Kultur«. Allgemein ist die Empörung gewaltig.

An diesem Montag, dem 22. Juni 1998, geht Mathiak wie gewohnt zu seiner Arbeit an einer historischen Stätte. Es ist ein imposantes, unter Denkmalschutz befindliches Gebäude im Norden des Gelsenkirchener Stadtteils Schalke, 1927 bis 1928 erbaut, zweckmäßig, aus großen hellen Sandsteinen. »Kampfbahn Glückauf« steht am Eingang, zwischen den beiden Worten ist das Werkzeug der Bergleute verewigt, zwei sich kreuzende Hämmer.

Es ist ein faszinierender, aber lauter Ort, direkt an der Autobahn A 42, ein wenig verwildert. Grasige Hügel haben die alten Stehplätze weitgehend verdrängt und die Zugänge zur Gegentribüne sind sogar ganz zugewuchert mit allerlei Sträuchern, vor allem Hagebutten und Brombeeren, Brennnesseln und gelben Margeriten. Pappeln, Eichen, Buchen und Ahornbäume überragen das Stadion, in dem einst der Schalker Kreisel geboren wurde. Hier hat Schalke 04 sich alle seine sieben Meisterschaften erarbeitet, stand als erster deutscher Klub im Viertelfinale des Europapokals der Landesmeister.

In diesem pittoresken Ambiente ist das Fanprojekt von Schalke 04 untergebracht[3] – zwei Autominuten südlich von dem in den siebziger Jahren im nördlicheren Stadtteil Buer erbauten Parkstadion[4]. Das Fanprojekt leitet Sozialarbeiter Mathiak, der seit Kindertagen für diesen Klub schwärmt und seit den achtziger Jahren dort Mitglied ist. Diesen Job macht er seit zwei Jahren, ist nach wie vor selbst ein Fan des Vereins und sagt über den Gewinn des UEFA-Cups 1997: »Die Atmosphäre war einmalig, und als ich den Pott selbst in die Hand nehmen konnte, kriegte ich eine Gänsehaut.«

Mathiak, 1967 in Düsseldorf geboren, wuchs in Wiehl bei Gummersbach auf und studierte nach seinem Dienst bei der Bundeswehr an der Fachhochschule in Köln. Als Diplomsozialarbeiter war er in Bergisch Gladbach in einer psychosomatischen Klinik tätig, einer Entzugsstelle für Drogenabhängige, später in Köln in der Notschlafstelle für Drogenabhängige. Für ein Jahr wirkte er dann beim 1. FC Köln in der Betreuung gewaltbereiter Fußballfans, ehe er nach Gelsenkirchen kam.

Das Fanprojekt in Schalke existiert seit 1994, als das zwei Jahre zuvor erstellte nationale Konzept »Sport und Sicherheit in Deutschland« umgesetzt wurde. Die Kosten von damals 195.000 Mark pro Jahr teilen sich das Land Nordrhein-Westfalen, die Organisation Gelsensport, eine Tochtergesellschaft der Stadt Gelsenkirchen, und der Deutsche Fußball-Bund, das Projekt ist mit insgesamt drei Mitarbeitern und zwei Räumen in der Tribüne der Glückaufkampfbahn ausgestattet. Ein kleineres Zimmer dient als Büro, ein großes als Anlaufstelle für Interessenten im Alter zwischen zwölf Jahren und Anfang dreißig. Darunter sind gewaltbereite Anhänger des Fußballvereins und auch friedliche, die alle mit ihren Sorgen dorthin kommen können. Die 1994 eröffnete Institution hat einen glänzenden Ruf, den Schalke-Manager Rudi Assauer 1999 so beschreibt: »Das Fanprojekt leistet hervorragende Arbeit. Ihm ist es zuzuschreiben, dass es jahrelang keine Ausschreitungen bei Heim- und Auswärtsspielen des FC Schalke 04 gab.«

Es ist »die Woche über so eine Art Jugendzentrum«, sagt der damalige Projektleiter. Man trifft sich zum Quatschen, Fernsehen oder um eines der anderen Angebote zu nutzen. Sportprogramme bietet das Fanprojekt ebenso an wie kulturelle Aktionen; das wesentliche Interesse gilt den Auswärtsfahrten, die dort möglichst preisgünstig organisiert werden. Nachdem die Königsblauen nach langer Unterbrechung seit 1996 wieder fast jedes Jahr am Europapokal teilnehmen, werden hier auch die attraktiven Auslandsreisen geplant.

Die Sozialarbeiter kümmern sich zudem um private Angelegenheiten, helfen beim Verfassen von Lebensläufen und Bewerbungen und begleiteten ihre Klienten zu Terminen, z. B. aufs Jugendamt. Es ist ein vertrauensvolles, lockeres, teilweise sogar inniges Klima. Nach seinem Ausscheiden aus dem Projekt beispielsweise wird Mathiak einen handgeschriebenen Brief mit aufgemalten Blumen und aufgeklebten Smileys, Tränen und Bärchen erhalten, in dem sich junge Frauen namens Jennifer, Sarah, Linda, Esin und Bettina nach seinem Befinden erkundigen und ihm Glück wünschen und den auch noch acht Männer und eine weitere Frau unterzeichnet haben.

Die Bürotür im sagenumwobenen alten Stadion steht meist offen, und so dringen auch die Gespräche im großen Gemeinschaftsraum an die Ohren der Sozialarbeiter. Das ist nach dem Horrorsonntag von Lens nicht anders – da gibt es praktisch nur diese eine Thema. Mathiak im Rückblick: »Es gab eine Menge Diskussionen; es wurde viel erzählt. Da waberten viele Gerüchte.«

Lens, Rue Pruvost, 21. Juni 1998.

Foto: picture alliance

Am Dienstag macht die »Bild-Zeitung« mit dem Foto aus Lens auf, auf dem B. von hinten zu sehen ist, wie er sich über den bewegungslos auf dem Bürgersteig liegenden Polizisten Nivel beugt und auf ihn einschlägt. Die Aufnahme stammt – wie andere, die später in den Besitz der Ermittlungsbehörden gelangen – von dem 18 Jahre alten Österreicher Walter D.[1]. Der Schüler, Sohn eines Diplomaten, wird in der Szene geduldet, weil er für sie die Gewaltexzesse dokumentiert. Im Prozess wird er später aussagen, für seine Fotos von der Zeitung 3.500 Mark erhalten zu haben.

Die Schlagzeile zu der Aufnahme lautet: »Das Foto, das die Welt entsetzt«. Die Zeitung berichtet auch von einer ersten Festnahme, der von Markus C.: »27-Jähriger aus Hannover heute vor Haftrichter«.

In den Medien nimmt das Thema in dieser Woche großen Raum ein, und Mathiak ist dabei ein beliebter Gesprächspartner. Der stets offene und umgängliche Mann gibt als Experte zum Thema »Gewaltbereite Fußballanhänger« einigen Zeitungen Interviews und sitzt im Fernsehstudio von Phoenix in Bonn in einer Diskussionsrunde. Am Donnerstag sieht er in Montpellier den 2:0-Sieg Deutschlands gegen den Iran durch Tore von Oliver Bierhoff und Jürgen Klinsmann, mit dem die Mannschaft ins Achtelfinale einzieht. Für alle deutschen Spiele hat er über Schalke 04 je eine Eintrittskarte erhalten. Im Stade La Mosson breiten Zuschauer aus Dortmund auf der Gegengeraden ein Transparent mit der Aufschrift »Pardon Frankreich« aus, und selbst unter gewaltbereiten Besuchern wird das Verbrechen von Lens abgelehnt. Nicht die Polizei dürfe Ziel des Angriffs sein, heißt es, sondern nur diejenigen unter den gegnerischen Anhängern, die ebenfalls zu Auseinandersetzungen bereit seien. Ein »Schalke-Fan aus Oberhausen« wird von der französischen Presseagentur AFP so zitiert: »Das war ein Arschloch hoch acht, der das getan hat.«

Mathiak legt die gut tausend Kilometer lange Reise nach Südfrankreich wieder allein im Auto zurück, wieder steht sein Mobiltelefon kaum still. Auf dem T-Shirt des auf den Fotos abgebildeten Haupttäters soll sich ein Logo befunden haben, das die Spur nach Gelsenkirchen weist. Eine Gruppe von Hooligans hat vor der Weltmeisterschaft hellblaue Shirts mit der Aufschrift »GE-Walttäter«

bedruckt. »Es verdichtete sich der Verdacht, dass mindestens einer aus der Gelsenszene in Lens unter den Tätern war«, sagt Mathiak. Er weiß bereits, wer es ist: »Durch die Erzählungen war's klar!«

In den Räumen des Fanprojekts ist Mathiak »hellhörig« gewesen, manche Hinweise haben die Klienten auch unabsichtlich gegeben. Auf die Fährte zu B. brachte ihn unter anderem ein Gespräch mit ihm einige Wochen vor der Weltmeisterschaft. Bei dieser Unterhaltung öffnete sich B., der – anders als die meisten Klienten – nie Kontakt zu den Sozialarbeitern gesucht und nie von ihnen etwas gewollt hatte. Dass seine Großmutter gestorben sei und er eine Prüfung vermasselt habe, erzählte B. und gab auch Einblick in seine dunkle Seite. B. sagte dem Sozialarbeiter: »Manchmal habe ich Angst vor mir selber. Irgendwann bringe ich vielleicht einen um.« Für Mathiak »passte das zusammen«, er zieht seine Schlüsse und muss gleichzeitig in seinem beruflichen Umfeld feststellen: »Es wurde hektischer, auch in der Szene.«

DFB-Präsident Egidius Braun schreibt in einem Brief an die Frau des Opfers, Laurette Nivel: »Die sinnlose Tat eines Verbrechers erfüllt uns mit Empörung und Abscheu.« Die Arbeit der Polizei kommt derweil nur schleppend voran. In verschiedenen Städten wird von den dortigen Dienststellen eine ganze Reihe von Verdächtigen befragt: Die Brüder A. aus Gelsenkirchen, Tobias E.[1] aus Hamburg und André B., der sich am 27. Juni in Essen freiwillig den Behörden stellt. Alle lässt die Polizei zunächst wieder frei, da sich der Verdacht nicht erhärtet. Nur in Frankreich sitzen zwei Männer aus Deutschland in Untersuchungshaft.

Es dauert fast eine Woche, bis in Hannover eine wichtige Entscheidung fällt. Am Samstag, dem Geburtstag von Hauptkommissar Tilmans, sechs Tage nach der Tat, übernehmen die Niedersachsen die immense Aufgabe, das 600 Kilometer entfernt verübte Verbrechen aufzuklären. Diese Absprache trifft Polizeipräsident Hans-Dieter Klosa mit dem Leitenden Oberstaatsanwalt Manfred Wendt; in einer Pressekonferenz am Montag, dem 29. Juni, wird die Entscheidung publik gemacht. Die Staatsanwaltschaft Hannover wolle das Verfahren für ganz Deutschland bündeln, erklärt Behördenleiter Wendt. Die »Hannoversche Allgemeine Zeitung« zitiert ihn mit dem Satz: »Wir können nicht auf Fragen der Zuständigkeit rumreiten.«

Da von den verschiedenen Straftatbeständen der Mordversuch an Daniel Nivel am schwersten wiegt und eine eigene Ermittlung der weniger schweren Delikte nicht sinnvoll erscheint, wird das Kommissariat für Tötungsdelikte unter Führung von Tilmans mit den Untersuchungen betraut – eine acht Personen starke »Einsatzgruppe Lens« nimmt die Arbeit auf. Es gibt durch die Informationen vor allem von der Zentralen Informationsstelle Sporteinsätze in Neuss eine große Zahl Tatverdächtiger, vor allem für die Sachbeschädigungen in Lens und auf dem Weg dorthin. Hans-Hermann Tilmans ist sofort klar: »Dieses Potenzial an Personen kann uns zu den Tätern führen.« Nach einem Bericht des WM-Organisationskomitees hätten sich in Lens 614 Personen aufgehalten, die in der Datei »Gewalttäter Sport« der deutschen Sicherheitsbehörden als Hooligans der Kategorie C – mit besonders hoher Gewaltbereitschaft – geführt wurden.

Die französischen Behörden verzichten darauf, die Untersuchungen an sich zu ziehen, wohl weil die Strafverfolgung gegen die Gewalttäter aus Deutschland leichter zu bewerkstelligen ist. In Frankreich wird nur das Verfahren gegen Markus C. betrieben und im Mai 2001 in Saint-Omer, dem für Lens zuständigen Gerichtsstandort im Département Pas-de-Calais, mit dem Urteil abgeschlossen: C. erhält wegen »bewaffneter gefährlicher Körperverletzung gegen einen Beamten im Dienst« eine Haftstrafe von fünf Jahren. Klar ist am Ende aber nur, dass Markus C. zu den Unruhen in Lens beigetragen hat. Dass auch er für die Verletzungen von Daniel Nivel verantwortlich sei, kann ihm nicht nachgewiesen werden, denn auf den Bildern des österreichischen Fotografen ist Markus C. nicht zu erkennen. Ein aus Braunschweig stammender Verdächtiger sitzt nach dem Tattag mehrere Wochen in französischer Untersuchungshaft, wird später ohne weitere Konsequenzen freigelassen.

Alle anderen Maßnahmen werden in den folgenden Jahren aus Hannover koordiniert; sie münden in einer Vielzahl von Gerichtsverfahren in verschiedenen deutschen Städten. Neben dem großen Prozess in Essen[5] wird in Bochum gegen Daniel F.[1] verhandelt. Auch F. ist zur Tatzeit in der Rue Pruvost gewesen, aber ebenfalls nicht auf den Fotos vom Verbrechen an Daniel Nivel zu sehen. Weil relativ schnell deutlich wird, dass der Verdacht des versuchten Mordes gegen ihn nicht haltbar ist, wird das Verfahren von den anderen abgetrennt und an die Staatsanwaltschaft seines Wohnortes abgegeben. F. wird dann aber erst im Juli 2003 vom Landgericht Bochum wegen vorsätzlicher Körperverletzung zu drei Jahren und vier Monaten Gefängnis verurteilt. Daneben gibt es viele weitere, kleinere Verfahren; Ermittlungsleiter Tilmans erinnert sich sogar noch an eine kuriose Zahl im Zusammenhang mit dem Verbrechen von 1998: »Wir haben insgesamt 98 Verfahren wegen Landfriedensbruchs an die zuständigen Staatsanwaltschaften abgegeben.«

5

Bis es zu Verfahren und Verurteilungen kommen kann, müssen sich die Beamten Schritt für Schritt vorankämpfen. Ihre Arbeit dauert wegen bürokratischer Schwierigkeiten länger als sonst. »Die Zusammenarbeit mit den französischen Behörden war schon schwer«, sagt Hans-Hermann Tilmans. Trotz Europäischer Union und grenzüberschreitender Arbeit dauert es immer lange, bis Amtshilfeersuchen bearbeitet und übersetzt sind. Das Rechtssystem im Nachbarland ist zudem anders als in Deutschland, alles läuft über den Tisch eines Untersuchungsrichters, Benoit

Persyn in Bethune, was keinen Vorgang beschleunigt und nicht immer durch den direkten Kontakt mit den französischen Polizisten abgekürzt werden kann.

Tatverdächtig ist zunächst der in Lens verhaftete Markus C., in Hannover jedoch haben Kommissar Tilmans und seine Kollegen erst einmal »keine Informationen, die direkt auf C. als Täter deuteten«. Die Befragung von Zeugen und Verdächtigen ergibt wenig Konkretes, zweimal reist allein Tilmanns dafür nach Frankreich. Die Polizei ist auf Videoaufnahmen und Fotos angewiesen, besonders auf die Bilder des jungen österreichischen Fotografen, die sie aber, so Tilmans, »nur in Etappen« erhält.

Die szenekundigen Beamten werten in allen Bundesligastädten Bildermappen aus, die die EG Lens erstellt hat. Die Mappen bestehen aus Zeitungsfotos, Aufnahmen von Privatpersonen, die ihre Bilder weitergegeben haben, anonym zugeschickten Fotos und Bildern, die aus den Polizeivideos angefertigt wurden. Die Beamten in den Bundesligastädten identifizieren darauf ihnen bekannte Hooligans und informieren die Sonderkommission in Hannover über deren Personalien. Doch das kostet natürlich Zeit. Bis alle fünf Personen um Nivel herum auf dem ersten Foto aus der »Bild-Zeitung« identifiziert sind, vergehen Wochen.

Erst mehr als 14 Tage nach der Tat führen die Spuren zur ersten wichtigen Verhaftung in Deutschland. Tobias E., der sich links auf dem Foto auf Nivel und den Haupttäter zubewegt, wird am Morgen des 6. Juli festgenommen. Beamte aus Hannover holen ihn gegen sieben Uhr aus seiner Wohnung im Hamburger Stadtteil Eidelstedt.

Dann reichen die Beweise für einen weiteren Haftbefehl gegen Daniel F. aus Bochum. Auf den Fotos ergeben sich zwar keine Anhaltspunkte, aber auf einem der Polizeivideos aus Lens ist er eindeutig zu erkennen. Ihm kann zwar keine Beteiligung an dem Angriff auf Daniel Nivel nachgewiesen werden, dafür aber andere, weniger schwere Vergehen.

Mitte Juli meldet sich ein Leser oder vielleicht auch ein Zeitungsmitarbeiter bei der Polizeistation Gelsenkirchen. Wer es genau ist, werden die Ermittler nie erfahren. »Es ging ein anonymer Anruf ein. Guckt doch mal in die Zeitung, wurden wir aufgefordert, da sei doch einer von Schalke drin«, berichtet Polizist Martin Krahe. Es handelt sich zwar um dasselbe Foto, das Wochen zuvor schon in der »Bild-Zeitung« abgedruckt war, nur ist diesmal der Ausschnitt weiter gewählt. Am linken Rand des Bildes ist nun ein weiterer Mann zu identifizieren. Abgebildet sind sein mit der Schirmmütze bedeckter Kopf, seine Brust und sein rechter Arm. Offenbar läuft er in Richtung Bahnhof davon. Figur und Gesicht sind gut zu erfassen. Die beiden Polizisten kennen diesen Mann aus ihrer Arbeit als szenekundige Beamte und identifizieren ihn als Frank A., der in Gelsenkirchen polizeilich gemeldet ist. Als sie anschließend an dessen Wohnungstür klingeln, empfängt sie A. mit den Worten: »Ich habe euch schon eher erwartet!«

In Deutschland mühen sich viele Menschen um wenigstens etwas Wiedergutmachung der schrecklichen Tat, sammeln Geld für Daniel Nivel, dessen gesundheitlicher Zustand sich trotz anhaltenden Komas stabilisiert. Der Deutsche Fußball-Bund überweist Mitte Juli eine Spende von 700.000 Mark, ein Benefizturnier mit Hannover 96, dem VfL Wolfsburg und einer Bundesliga-Auswahl bringt 100.000 Mark ein.

Der Haupttäter aber ist immer noch nicht gefunden: der Mann, der auf dem Foto auf den am Boden liegenden Daniel Nivel einschlägt. Die beiden Gelsenkirchener Polizisten, Oberkommissar Ralf Theile und Kommissar Martin Krahe, arbeiten mit weiteren Kollegen aus dem Revier der Staatsanwaltschaft in Hannover zu und suchen nach der Verhaftung von Frank A. nach möglichen weiteren Tatbeteiligten aus den Reihen der gewaltbereiten Schalker Anhänger, die ja in großer Zahl in Frankreich gewesen sind. Denn das Gerücht, mindestens einer von ihnen sei an dem Verbrechen beteiligt gewesen, kennen inzwischen auch sie. Mathiak begegnen sie im Rahmen ihrer Arbeit häufig, und einmal fragt Krahe, der jüngere der beiden, den Fanbetreuer dann auch, ob er nicht Informationen hätte: »Weißt du nicht was?«

Das ist etwa zweieinhalb Wochen nach der Tat und plötzlich wird Burkhard Mathiak eine Weichenstellung für sein ganzes Leben abgefordert.

Er beantwortet diese Frage deshalb nicht spontan, sondern verspricht, darüber nachzudenken. Nicht, dass er sein Wissen für sich behalten wolle, doch er hat schlicht und einfach Angst vor den Konsequenzen einer Aussage. Er macht sich Sorgen und will überlegen »was das für mich bedeutet«.

Zu den staatsbürgerlichen Pflichten, die das deutsche Grundgesetz in Artikel 33 erwähnt, zählt auch die Pflicht zu einer Zeugenaussage, falls eine Behörde jemanden dazu auffordert. Ungefragt muss sich zwar niemand melden, wenn er von einem bereits verübten Verbrechen Kenntnis erlangt. Wer allerdings etwas weiß und gefragt wird, muss das auch sagen. Die Strafprozessordnung regelt diese Thematik in Paragraf 48 und den folgenden. Dort räumt sie auch das Recht ein, das Zeugnis zu verweigern: Das haben Familienmitglieder[6], Angehörige bestimmter Berufsgruppen wie Pfarrer, Ärzte und Rechtsanwälte[7] oder auch Richter und Beamte[8]. Auch muss sich niemand vor Polizei, Staatsanwaltschaft oder Gericht selbst belasten.[9] Auf keinen dieser Gründe aber kann sich Mathiak berufen.

Die Polizisten geben ihm für die Entscheidung, wie er mit seinem Wissen umgehen soll, noch einen Hinweis mit. Mathiak erinnert sich noch, dass sie ihm erklären: »Wenn du etwas sagst, wird nie jemand erfahren, dass du es warst. Es gibt Mittel und Wege in der Strafprozessordnung, eine solche anonyme Aussage auch wirklich anonym zu halten.«

Das ist 1998 noch eine sehr verzwickte Angelegenheit, denn eine klare rechtliche Grundlage dazu gibt es damals, anders als heute, noch nicht. Obwohl die Statistik im Jahresdurchschnitt in Deutschland etwa 650 Fälle mit verdeckten Zeugen aufweist, finden sich dazu nur wenige Rechtsvorschriften im Bundeskriminalamtgesetz.[10] Deshalb wird die Geschichte von Burkhard Mathiak auch in die juristische Fachliteratur eingehen, da sie den Weg weist zum Ende 2001 erlassenen Gesetz zur Harmonisierung des Schutzes gefährdeter Zeugen.[11] Dort werden endlich die Normen niedergeschrieben, die schon in den Jahren davor in Deutschland das Verhalten der Behörden bestimmen. Fehlen nämlich schriftliche Gesetze, orientieren sich die Behörden an der Rechtsprechung der Gerichte und der darauf fußenden allgemeinen Anwendung in der Praxis.

Eine anonyme Aussage ist in einem Rechtsstaat allerdings eine heikle Angelegenheit, denn jeder Angeklagte hat das Recht auf einen fairen Prozess.[12] Dazu gehört auch, dass er und seine Verteidiger jeden Zeugen befragen und insbesondere auch auf seine Glaubwürdigkeit überprüfen können. Deshalb sind verdeckte Zeugen, die in der Bekämpfung organisierter Kriminalität als unerlässlich gelten und besonders bei Drogen-, schweren Gewalt- und Tötungsdelikten inzwischen nicht unüblich sind, letztlich die Ausnahme. Der Bundesgerichtshof hat dazu entschieden, dass die Aufklärungspflicht der Gerichte nicht prinzipiell durch den Zeugenschutz begrenzt sei.[13] Im Gegenteil: Es ist eher so, dass das Interesse an der Wahrheitsfindung wichtiger ist als der Anspruch von Zeugen auf Anonymität. Ihr Schutz durch die Behörden setzt übrigens voraus, dass »Leib, Leben, Gesundheit, Freiheit oder wesentliche Vermögenswerte« gefährdet sind.[14]

★ ★ ★

Burkhard Mathiak hat für seine schwierige Entscheidung nur wenig Unterstützung. Fast niemand weiß ja von seinem inneren Konflikt, und er will keinen weiteren einweihen. Das schränkt die Zahl möglicher Ratgeber extrem ein. Außer mit seiner Freundin Claudia G.[1], der Mutter seiner beiden damals ein und drei Jahre alten Kinder, kann er mit niemandem darüber reden – und die Freundin ist nicht begeistert: »Ich habe ihm geraten: Lass es einfach bleiben!« Dennoch entscheidet er sich anders.

Mit dieser Einstellung unterscheidet sich Mathiak von Kollegen in ähnlicher Position. »Er war nicht der typische Fanprojektleiter«, lobt Polizist Ralf Theile. »Er hat eine klare Vorstellung von Recht und Gesetz.« Das ist durchaus keine Selbstverständlichkeit in diesem Beruf, denn Sozialarbeiter haben mit der Abgrenzung von ihren Klienten oft größte Schwierigkeiten. Nähe und Vertrauen werden nun einmal nicht dadurch erworben, dass jeder Regelverstoß sofort der Obrigkeit gemeldet wird. Ob man seine Position jeweils auf der Seite der Klienten oder der Ordnungsbehörden sieht, ist eine komplizierte Gratwanderung.

»Wir hatten einen klaren Standpunkt«, blickt Mathiak stolz zurück. »Es war immer klar, dass das Fanprojekt in Gelsenkirchen auf der ›richtigen Seite‹ stand, sich an die Gesetze gehalten hat.« Man brauche eine professionelle Distanz für diese Arbeit, müsse unbedingt konsequent sei. Wenn mal in einem der gemieteten Busse etwas beschädigt wird, werden die Verantwortlichen zur Rechenschaft gezogen. »Wir tun alles für euch«, habe der Sozialarbeiter den Klienten immer gesagt. »Aber ihr müsst euch an die Regeln halten.«

Ganz konsequent aber hält auch das Schalker Fanprojekt diesen Arbeitsstil nicht durch. Einer der drei Betreuer hat eine üble Vergangenheit, galt vor seiner Einstellung als – so Mathiak – »der berüchtigtste Hooligan«. Er ist sehr auf Nähe bedacht, passt auch seinen Alkoholkonsum oft den Klienten an, weiß viel und kennt alle Geschichten. »Er war immer in der Zwickmühle, wusste nicht, was seine Position ist«, sagt Burkhard Mathiak 13 Jahre später.

Auch etliche Sozialarbeiter anderer Fanprojekte haben ähnliche Probleme. Deshalb erfährt der Schalker Fanprojektleiter von seinen Kollegen in anderen Städten für sein Verhalten beileibe nicht nur Zustimmung. Im Gegenteil: Er wird teilweise scharf kritisiert.

Die anonyme Aussage findet unweit des Parkstadions statt, im Polizeipräsidium mitten im Gelsenkirchener Stadtteil Buer. Es ist »ein schöner Sommertag« Mitte Juli 1998, an dem Burkhard Mathiak aus dem Fenster schaut und denkt: »Kann es sein, dass sich heute dein Leben ändert?«

Die Weltmeisterschaft in Frankreich ist am Abend vorher zu Ende gegangen, die Équipe tricolore der Gastgeber hat im Finale Brasilien durch die beiden Treffer Zinedine Zidanes und das Tor von Emmanuel Petit mit 3:0 besiegt. Daniel Nivel liegt in der Klinik in Lille weiterhin im Koma und wird künstlich beatmet.

Die Vernehmung des Zeugen dauert eine Stunde, drei Beamte aus Hannover und Gelsenkirchen befragen ihn. Mathiak hat seinen älteren Sohn dabei, übergibt ihn vor der Befragung einem der szenekundigen Gelsenkirchener Beamten. Der Junge kommt in den Genuss einer ausgiebigen Führung durch die Gebäude, sieht die Polizeimotorräder und -pferde; damals gibt es dort noch eine Reiterstaffel. Eine großartige Erinnerung für das Kind, wie der Vater berichtet: »Manchmal erzählt er noch heute davon.«

Der zentrale Punkt von Mathiaks Aussage ist die Identifizierung B.s als den Mann, der auf dem Foto auf den am Boden liegenden Daniel Nivel mit dessen Gewehraufsatz einschlägt. Dieser Nachweis ist der Polizei bisher nicht gelungen. Es gibt dafür weder einen zuverlässigen Zeugen, noch kann sie selbst anhand der zu wenig aussagekräftigen Fotos, die ihr zu diesem Zeitpunkt vorliegen, diese Zuordnung leisten. Später wird B. von anderen Verdächtigen belastet, auf Nivel eingeschlagen zu haben, doch alle nehmen diese Aussagen wieder zurück. Mathiak aber ist sich »zu 98,5 Prozent sicher«, dass es sich bei dem Gesuchten um B. handelt. Der wird daraufhin noch am selben Tag in Gelsenkirchen verhaftet, Wochen nachdem ihn die Polizei mangels konkreter Beweise noch freilassen musste.

Damit ist die dritte Person auf dem Foto, das die »Bild-Zeitung« 36 Stunden nach dem Verbrechen auf ihrer Titelseite hatte, identifiziert – nach Frank A. und Tobias E. Auch die beiden anderen, rechts in Bewegung weg vom Tatort und mit einem Handschuh in der rechten Hand, werden später »namentlich ermittelt«, wie sich Ermittlungsleiter Tilmans erinnert. Ihnen kann eine Beteiligung an der Tat aber nicht nachgewiesen werden.

Mit Mathiak werden am Tag seiner Vernehmung auch die Formalien der verdeckten Vernehmung besprochen und ihm wird die absolute Anonymität seiner Aussage zugesichert. Er fühlt sich danach erleichtert: »Damit war die Geschichte für mich eigentlich abgeschlossen. Ich dachte, danke, das war's!«

Da irrt sich Burkhard Mathiak, das wird ihm sehr bald deutlich. An seinem Arbeitsplatz bleibt der Fall das beherrschende Thema – in ruppigem, aggressivem Ton, denn zwei Männer, die dort ein- und ausgegangen waren, sitzen jetzt in Untersuchungshaft. »Für mich ziemlich belastend« wird die Situation, denn es ist durchgesickert, dass eine anonyme Zeugenaussage B. in den Knast gebracht hat. Diesem Zeugen wollen jetzt rabiate Weggefährten von B. ans Leder, vermuten den Zeugen allerdings zunächst nicht im Fanprojekt. »Es war vorherrschende Meinung, es sei keiner von uns«, sagt Mathiak. »Ich hatte damals bei den Leuten einen überraschend guten Stand.«

So überraschend ist sein guter Ruf allerdings nicht: Er hängt sicher mit seiner persönlichen Art zusammen. Wie auch in seinen späteren Jobs geht Mathiak offen auf Menschen zu, hört sich unbefangen deren Sorgen an und leitet oft sofort optimistisch die Problemlösung ein. Wo in diesem Land Bedenkenträger gerne mit finsterer Miene mutmaßen: »Das wird aber schwierig!«, pflegt Mathiak ganz freundlich Sätze zu formulieren wie: »Junge, das kriegen wir schon hin! Lass mich mal machen!«

Doch sein gutes Standing bei seinen Klienten beruhigt ihn in diesen Tagen des Sommers 1998 nicht. Was er nämlich in den Räumen des Fanprojekts zu hören bekommt, klingt gefährlich. »Der darf sich nirgends blicken lassen!«, ist noch die harmloseste Formulierung. Gewalt wird dem unbekannten »Verräter« angedroht, und mehr als einmal fällt auch der Satz: »Den bringen wir um!« Das nimmt Mathiak vielleicht nicht wirklich ganz wörtlich, aber er fürchtet schon ernsthaft um seine Gesundheit.

Die Szene der Hooligans geht zunächst davon aus, dass die Hinweise auf die Täterschaft B.s nicht von einem Dritten gegeben wurden, sondern dass sich die Beschuldigten gegenseitig belastet hätten. »Auf Mathiak sind sie nicht gekommen«, sagt Polizist Martin Krahe. Ralf Theile ergänzt: »Sie waren der Meinung, es sei einer von ihnen gewesen.« In Verdacht steht besonders Frank A. Der bekommt dann auch Besuch in der Untersuchungshaft, wird ausgequetscht, was er denn bisher ausgesagt habe, und von seinem Besucher bedroht für den Fall, dass A. etwas Belastendes aussagen würde. Das könnte ein Grund dafür sein, dass Frank A. später im Prozess von seinen Mittätern niemanden beschuldigen wird.

Später aber verlegt sich die Szene bei ihrer Suche nach dem belastenden Zeugen doch wieder auf Außenstehende. Eine zentrale Botschaft der Verfolger lautet: »Egal, wo der sich aufhält, wir finden den.«

Der Druck setzt dem Sozialarbeiter zu. Auf der 80 Kilometer langen Autofahrt vom Büro nach Hause kommen die Sätze, die er bei der Arbeit aus dem Nebenraum aufschnappt, immer wieder hoch, gerade auf der eintönigen Strecke der Autobahn A 43. »Einmal bin ich rechts rangefahren, um durchzuatmen«, erinnert er sich. »Das gibt's doch gar nicht, dachte ich. Burkhard, du bist echt in einen Krimi geraten.« Und morgens bei der Fahrt zum Job quält ihn jedes Mal die Sorge, was er sich diesmal wieder anhören müsse.

Was das Ganze »verdammt schwer« macht, ist, dass er mit seinen Sorgen ziemlich allein bleibt. Die Freundin verweigert sich dem Thema weitgehend und es gibt »in Gelsenkirchen ja niemanden, mit dem ich darüber reden konnte«.

Nach der Weltmeisterschaft in Frankreich verliert das Thema dann an Brisanz. Die Gastgeber sind durch den Sieg ihrer Mannschaft in einen nationalen Freudentaumel versetzt, andere Nachrichten schockieren die Welt: die Unruhen im nordirischen Portadown, die serbische Offensive im Kosovo oder die Gewalttaten der Militärjunta in Birma. Auch an Mathiaks Arbeitsplatz wird weniger darüber diskutiert, denn zunächst ist ohnehin Sommerpause im Fußball und somit auch wenig Betrieb im Fanprojekt, dann tritt das Interesse an dem Geschehen in Lens hinter den aktuellen Ereignissen zurück. Schalke ist wieder in den Europapokal eingezogen, es gilt, die Reise nach Prag zu organisieren, wo sich die Mannschaft nach einer Niederlage im Elfmeterschießen aber schnell aus dem UEFA-Pokal-Wettbewerb verabschiedet.

Die Ermittlungsgruppe in Hannover kommt langsam, aber stetig voran. Als »nicht so etwas Außergewöhnliches« empfindet Hans-Hermann Tilmans diese Arbeit. »In Tötungssachen hatte ich einige schwierigere Fälle«, bilanziert der Kommissar nach seinen 41 Jahren im Dienst, davon 14 Jahre als Leiter der Mordkommission. Auch habe er »Fälle mit größerem Aufwand« bearbeitet. Zunächst belasten Frank A. und Daniel F. André B., später jedoch nehmen sie diese Aussage zurück. Immerhin gewinnt die Polizei ein relativ klares Bild vom Tathergang. Nur den Mann, der Daniel Nivel zuerst zu Boden geschlagen hat, wird sie nie ermitteln können.

Sechs Wochen nach dem Mordanschlag bestätigen die Staatsanwälte Nikolaus Borchers und Angelika Gresel Anfang August Berichte im »Spiegel« und verschiedenen Zeitungen, die Ermittlungen seien weitgehend abgeschlossen. Borchers wird zitiert, »in allerspätestens drei Monaten« sei mit der Anklageerhebung zu rechnen. In Deutschland sitzen vier Verdächtige in Untersuchungshaft, in Frankreich einer. Ein Mann aus Herne, der zwischenzeitlich festgenommen wurde, ist wieder frei.

In Frankreich erwacht Daniel Nivel aus dem Koma. Der schwerverletzte Polizist absolviert bis Mitte November eine Rehabilitation im Militärkrankenhaus Percy bei Paris, lernt wieder gehen und sprechen.

Für Burkhard Mathiak verliert das Thema ein wenig an Bedeutung, doch es vergeht selten ein Tag, an dem er gar nicht an die Sache denkt. An der Arbeit ist er weiterhin ständig damit konfrontiert: »Irgendwie schwebte das immer.« Besonders auf der mehr als eine Stunde langen Fahrt zwischen seinem Zuhause und Gelsenkirchen habe er »viel im Auto gesessen und darüber nachgedacht«. Außerdem ist es unter den Jugendlichen im Fanprojekt Gesprächsstoff, den die Sozialarbeiter mitbekommen. Was wohl als Nächstes geschehen werde, wird besprochen.

Die Ermittlungen der Polizei führen noch zu einem weiteren Verdächtigen, Christopher H.[1]. Der Magdeburger aus der Hooliganszene des FC Union Berlin wird inhaftiert und später ebenfalls vor dem Landgericht Essen angeklagt. Auf dem bekanntesten Foto von der Tat gegen Daniel Nivel ist er zwar nicht abgebildet, aber auf anderen, die der Polizei vorliegen. Außerdem gibt es Zeugen, die ihn bei dem Angriff gesehen haben. Vier Männer im Alter zwischen 23 und 30 Jahren, die getrennt voneinander in Duisburg, Bochum, Essen und Berlin-Moabit einsitzen, müssen sich also in der Ruhrgebietsmetropole verantworten: neben Christopher H. noch André B., Tobias E. und Frank A., die alle drei auf dem berühmten Foto zu sehen sind.[15]

Die Essener Anklageschrift, die die Staatsanwaltschaft kurz vor Weihnachten einreicht, umfasst 56 Seiten – ein Ereignis, das den Fanprojektleiter des FC Schalke erneut mit dem Problem konfrontiert. Daneben wird er immer wieder in die vielen öffentlichen Diskussionen um die Folgen von Lens einbezogen. »Es ist für alle Mitarbeiter von Fanprojekten ein großes Thema« (Mathiak) in diesen Monaten; es geht allgemein um Hooligans, um Taktiken und auch grundsätzlich um die Strategien der Projekte. Es wird damals, erinnert sich Mathiak, »viel über die Sinn-haftigkeit unserer Arbeit gesprochen«. Und jedes Mal beschleicht den Sozialarbeiter ein ungutes Gefühl, weil er so problematisch in die Aufklärung des Verbrechens ver-strickt ist.

Als der Sportinformationsdienst die »Topthemen« des Jahres kürt, erreicht das Verbrechen an Daniel Nivel Platz drei, hinter dem Dopingskandal bei der Tour de France und dem frühen deutschen Aus bei der Weltmeisterschaft.

Mehr als vier Monate später, am 30. April 1999, beginnt der Prozess vor dem Landgericht Essen. Der Gerichtskomplex umfasst einen riesigen Häuserblock in der Zweigertstraße an der Grenze der Stadtteile Rüttenscheid und Holsterhausen, wo schon seit 1913 Recht gesprochen wird. Die barocke Fassade des alten Landgerichts fiel wie das ganze Gebäude dem Krieg zum Opfer, 1956 wurde das fünfstöckige Bauwerk wiederhergestellt. Es ist ein großer Klotz, überwiegend beige mit großen Steinplatten. Das Amtsgericht ist ebenfalls dort untergebracht, Staatsanwaltschaft und Polizeipräsidium liegen nebenan, ebenso das Landessozial- und das Essener Arbeitsgericht. An der Rückseite schließt sich die Justizvollzugsanstalt an, die auch die Forensische Abteilung der Uniklinik beherbergt. Ein zwei Meter hoher Zaun auf dem Mauerwerk sichert das Gebäude selbst noch im obersten Stock – dort ragt der Stacheldraht in den Himmel. Es ist ein ungastlicher Ort.

Saal 101 im zweiten von fünf Stockwerken ist der größte Verhandlungsraum, annähernd so groß wie der Strafraum auf einem Fußballplatz. Acht Meter hoch, mit hellbrauner Holzvertäfelung, rechts eine Front mit fünf hohen Fenstern auf die Zweigertstraße hinaus. Sieben Sessel stehen an der Seite hinter dem Richtertisch, ähnlich viele sind es an der Fensterseite für die Anklagevertretung, mehr als doppelt so viele links für Angeklagte und Anwälte.

»Sie handelten aus Lust an einer körperlichen Misshandlung«, wirft Staatsanwalt Joachim Lichtinghagen dem Quartett auf der Anklagebank vor. »Sie fügten ihrem Opfer ohne jeden Anlass schwerste Verletzungen zu, die in der Vernichtung eines menschlichen Lebens enden sollten.« Die Anklage lautet auf gemeinschaftlichen Mordversuch, schwere Körperverletzung und schweren Landfriedensbruch.

Tobias E. und Frank A. gestehen sofort teilweise ihren Tatbeitrag, sie und Christopher H. entschuldigen sich bei dem Opfer. Frank A. gibt zu Protokoll, er sei »wie elektrisiert« gewesen. Er habe zugetreten »wie gegen einen Fußball«. Allerdings gehen die Geständnisse nicht sehr weit; die Angeklagten geben nur wenig zu. Anders als in ersten Aussagen gegenüber der Polizei belastet niemand einen Mitangeklagten, auch Daniel F., gegen den später in Bochum verhandelt wird, trägt als Zeuge nichts zur Wahrheitsfindung bei. Er verweigert die Aussage.

»Ich vertrete einen Mann und eine Familie, deren Leben in einigen Minuten völlig zerschmettert wurde«, sagt Antoine Vaast, der französische Anwalt des Opfers. Nivels Frau Laurette schildert dem Gericht am 15. Juni 1999 die schwerwiegenden Folgen der brutalen Attacken, während der französische Gendarm selbst das Geschehen emotionslos verfolgt, seine Psyche und Physis sichtbar angeschlagen: »Man hat ihm das Wichtigste im Leben genommen – die Fähigkeit, mit anderen Menschen zu kommunizieren.« Die Ehefrau bestätigt den Rechtsanwalt: »An jenem 21. Juni ist unser Leben zerstört worden.«

Daniel Nivel kann sich nur mühsam und langsam bewegen, kaum sprechen und seine Umwelt nur noch ganz bruchstückhaft wahrnehmen. Seine Sehfähigkeit ist stark beeinträchtigt, auf dem rechten Auge ist er blind. Nivels Frau berichtet, ihr Mann könne keinen Sport treiben und nicht mehr Auto fahren. »Alles, was er gern tat, kann er nicht mehr tun – lesen, schreiben, zeichnen. Er hat gern gebastelt, heute kann er nicht einmal mehr ein Werkzeug halten.«

Er bleibt für sein ganzes Leben auf Pflege angewiesen und verliert auch seine Wohnung in der Polizeikaserne in Arras. Die Behörden machen da selbst für ihn keine Ausnahme: Weil er aus dem Polizeidienst ausscheiden muss, steht ihm keine Dienstwohnung mehr zu.

Der Prozess schleppt sich mühsam voran, viele Zeugen erweisen sich als unpräzise. Die Medien berichten regelmäßig, ausführlich vor allem die Zeitungen, ob nun »Spiegel« oder »Reviersport«, »FAZ«, »WAZ« oder »Ruhrnachrichten«. Redakteure rufen immer wieder mal bei Mathiak an, der seit Sommer 1998 häufig in dem Zusammenhang zitiert wird, mit Einschätzungen oder Hintergrundinformationen. Es ist kein Zufall, dass er so ein begehrter Gesprächspartner ist. Mathiak spricht Deutsch in ganzen Sätzen, formuliert verständlich und redet nicht drum herum, beileibe keine Selbstverständlichkeit im Deutschland zur Jahrtausendwende.

Dennoch verdächtigt ihn niemand, der entscheidende Belastungszeuge zu sein. Zur konkreten Tat äußert er sich ja nie. Er ist aber über das Geschehen im Landgericht Essen gut informiert. Zum einen kommen in den Fantreff in der Glückaufkampfbahn auch Jugendliche, die dort waren und über den Gerichtsprozess berichten; da schnappt er in seinem Büro einiges auf. Zum anderen liest der Sozialarbeiter jeden Bericht, den er kriegen kann. Durch die früheren Vorlesungen im Rahmen seiner Berufsausbildung ist er in juristischen Fragen nicht ganz unbeleckt. So macht er sich »ab einem gewissen Zeitpunkt Gedanken«, und es wird für ihn »absehbar«, dass seine Anonymität nicht ewig währen wird.

Ursprünglich soll das Urteil am 2. September 1999 gefällt werden, doch dieser Zeitplan ist nicht einzuhalten. Richter Rudolf Esders versucht, von der Polizei zu erfahren, wer der ihm unbekannte Zeuge ist. Doch sowohl der Polizeipräsident in Hannover als auch der in Gelsenkirchen weigern sich, die Vertraulichkeit aufzuheben, und untersagen ihren Beamten, Mathiaks Identität preiszugeben. Auch die entsprechenden Ersuchen des Essener Landgerichts an die Innenministerien von Niedersachsen und Nordrhein-Westfalen scheitern.

Über den mysteriösen Kronzeugen sind einige Gerüchte in Umlauf. So verbreitet der Sportinformationsdienst, der Gesuchte stamme »aus der Gelsenkirchener Hooliganszene« und habe »B. dabei beobachtet, wie er mit dem Gewehraufsatz auf Nivel eingeschlagen habe«.[16] Das ist genau die Version, die auch in der Szene weit verbreitet ist.

Im Gericht kündigt Richter Esders an, dass er nun selbst nach dem Unbekannten suchen will. Dass sich auch Burkhard Mathiak unter den mehr als hundert Beobachtern im hinteren Teil des riesigen Sitzungssaals befindet, weiß der Jurist natürlich nicht. Aber eines steht für ihn fest: Die Aussage dieses Zeugen ist für eine Verurteilung absolut unerlässlich. Und da dem Richter niemand hilft, ihn zu finden, beginnt er selbst mit seiner Ermittlung.

»Richter sind unabhängig und nur dem Gesetz unterworfen«, heißt es in Artikel 97 des Grundgesetzes. Anders als im amerikanischen oder englischen Recht sind sie nicht daran gebunden, was ihnen die Staatsanwaltschaft vorlegt. »Wir müssen alles tun, um die Wahrheit aufzudecken«, erklärt Rudolf Esders. »Als Richter dürfen Sie nicht rechts und links schauen, Sie müssen aufklären.«

Als das Gericht die Polizisten vernimmt, geben sie die Identität des verdeckten Zeugen nicht preis – »zu Recht«, wie Richter Esders bestätigt. »Sie mussten schließlich das Dienstgeheimnis wahren.« Das Gericht weiß aus den Akten, dass es einen solchen Beobachter gibt und was er ausgesagt hat. Das jedoch genügt der Strafkammer nicht, denn schließlich ist für eine Verurteilung der »volle Beweis« nötig. Esders: »Wir hatten strenge Anforderungen in die richterliche Überzeugung.« Eine Verurteilung von B.

kommt nur in Betracht, wenn sich die Kammer wirklich sicher ist.

Im August stellt der Verteidiger von B., Rechtsanwalt Wolfgang Weckmüller, im Gerichtssaal noch die Behauptung in den Raum: »Bis heute gibt es keinen konkreten Beweis dafür, dass es sich bei der Person, die sich über Nivel beugt, um Herrn B. handelt.« Denn niemand sieht sich in der Lage, B. als den Mann zu identifizieren, der dem französischen Polizisten die schlimmsten Verletzungen zugefügt hat. Auf dem entscheidenden Foto nur von hinten zu sehen, vom Kopf nur ein Ohr und ein paar Haare, kein Gesicht – das macht eine Zuordnung zu B. sehr schwer möglich. Und auch sonst erhält Esders keine Hilfe: »Die übrigen Angeklagten wussten ja auch, dass es B. war, aber keiner hat es gesagt.« Deshalb müssen Richter und Schöffen einfach mehr über die Aussage wissen, die den Hauptangeklagten entscheidend belastet. Doch schon auf die Frage an die Polizisten, warum sie nicht wenigstens das Notwendigste über den Belastungszeugen sagen können, antworten sie: »Das ist nicht möglich, sonst würden wir schon zu viel über ihn verraten.« Auch eine audio-visuelle Vernehmung Mathiaks kommt nicht in Betracht. Dann wäre er zwar (beispielsweise hinter einem Sichtschutz) nicht zu sehen, doch schon die Antwort auf die Frage, wie er zu seinen Erkenntnissen gelangt sei, hätte sofort zu seiner Person geführt.

Eine schwierige Situation. B. selbst verweigert jede Aussage, das Gericht glaubt aber, dass er das ihm zur Last gelegte Verbrechen begangen hat. In einem Zwischenfazit hat die Strafkammer die Überzeugung gewonnen, dass nur mit Mathiaks Aussage eine Verurteilung möglich wäre. »Uns war klar, wir mussten diesen Zeugen kennenlernen«, sagt Esders im Rückblick. »Entweder wir suchen den Zeugen oder wir sprechen B. frei.« Zumindest was den schwersten Anklagepunkt betrifft: den Mordversuch. Eine Perspektive, die niemandem behagt, denn die ganze Welt blickt auf den Prozess – und dann womöglich ein Urteil aus Mangel an Beweisen. Esders: »Stellen Sie sich vor, wir sprechen diesen hoch verdächtigen Angeklagten frei!«

Das Gericht hat sich in den Wochen vorher schon vergeblich um den unsichtbaren Zeugen bemüht. Verdeckte Aussagen sind auch für Richter Esders »etwas ganz Normales. In Drogensachen kommt das ständig vor.« Wie in solchen Fällen auch haben sich die Essener Richter zunächst bei den zuständigen Polizeipräsidien um eine uneingeschränkte Aussagegenehmigung für die Polizisten bemüht – hier allerdings ohne Erfolg. Was für Rudolf Esders nicht ganz nachvollziehbar ist: »Es handelte sich ja nicht um professionelle Kriminalität, sondern um eine Tat, die aus der Gruppendynamik entstanden war.«

Auch der spätere Versuch, von den Innenministerien eine Aufhebung der Anonymität von Mathiak zu erreichen, scheitert. Das ist allerdings nicht ungewöhnlich, denn aus der Sicht der Polizei ist ein derartiger Schutz von Informanten unerlässlich, um auch in Zukunft auf die Hilfe solcher Quellen zählen zu können. Würde sich herumsprechen, dass die Zusage der Vertraulichkeit der Aussage vor Gericht nicht standhält, würden sich kaum mehr Menschen finden, die in solchen ohnehin heiklen Situationen die Arbeit der Polizei unterstützen.

Deshalb wird auch das Landgericht Essen 1999 bei der Suche nach dem anonymen Beobachter ganz konsequent »von Polizei und Staatsanwaltschaft im Stich gelassen« (Esders). Also ermittelt die Strafkammer selbst, lädt verschiedene Zeugen, die den Weg zu dem Unbekannten ebnen sollen.

Die Polizeibeamten aus Hannover überrascht diese Entscheidung, sie halten das Vorgehen des Gerichts für übertrieben. »Warum der Richter das gemacht hat, weiß keiner so genau«, sagt Hauptkommissar Hans-Hermann Tilmans. Es gehe Esders wahrscheinlich darum, sein Urteil besonders revisionssicher zu machen.

Nach Ansicht der Polizei ist das aber auch möglich, ohne die Identität des von ihr geschützten Zeugen aufzudecken. Bei den Akten befinden sich inzwischen – so erinnert sich der Leiter der Ermittlungen – weitere Fotos, »wo man B. ganz deutlich mit dem Gegenstand in der Hand sieht«. Vielleicht spielt in diese Wertung mit hinein, dass die Polizei in der Sache natürlich eine andere Absicht als das Gericht hat, in diesem Fall eben, Mathiaks Anonymität zu wahren. Es erschwert ihre Arbeit, wenn die Identität von Zeugen aufgedeckt wird, denen sie Diskretion versprochen hatte.

Zustimmung findet die Ansicht der Schwurgerichtskammer dagegen beim deutschen Anwalt des Nebenklägers Nivel, dem Essener Harald Wostry. »Der Zeuge Mathiak war für die Verurteilung von entscheidender Bedeutung«, urteilt Wostry. »Zu diesem Zeitpunkt bestanden noch große Zweifel, ob B. mit dem Gewehraufsatz zugeschlagen hat.« Die Fotos hätten ihn nur von hinten gezeigt, die für die Bestrafung wegen Mordversuchs elementaren Schläge mit dem Gewehraufsatz – »genau dieser Tatbeitrag« – sei B. nicht zuzuordnen gewesen. Wostry empfindet die Situation als geradezu grotesk: »Jeder wusste, er ist es gewesen, aber der Beweis war nicht erbracht.« Ohne die Aussage Mathiaks, glaubt Rechtsanwalt Wostry, »wäre eine Verurteilung von B. wegen versuchten Mordes in der Revision aufgehoben worden«.

Es ist auf jeden Fall ein schwieriges Spannungsfeld. Der Gelsenkirchener Hauptkommissar Ralf Theile gibt Einblick in das aufgeregte Klima, in dem das Verfahren damals stattfindet: »Es herrschte bald ein gewaltiger, auch politischer Druck.«

Richter Esders befragt auf der Suche nach dem Unbekannten mehrere Zeugen und wertet Zeitungsartikel und Aufsätze in wissenschaftlichen Publikationen aus. Teilweise vernimmt er auch Autoren solcher Aufsätze. Dabei kommt er zu der Vermutung, dass einer der drei bei Schalke 04 angestellten Fanbetreuer der Gesuchte sein könnte. Die hatten schließlich außer den Hooligans der Gelsenszene, die nichts Verwertbares aussagen, den engsten Kontakt zu B. Sie kennen ihn teilweise schon jahrelang – besser als alle Ermittler.

Der Richter lässt es auf einen Versuch ankommen. Er lädt alle drei Mitarbeiter des Schalker Fanprojekts für den 1. Oktober als Zeugen vor das Landgericht. Er hat ja nichts zu verlieren. Mehr als die Falschen können es nicht sein – und die Strafkammer hat im Laufe des nun bereits fünf Monate andauernden Prozesses schon viele unergiebige Zeugen gehört.

Auch wenn Burkhard Mathiak das Thema immer weniger verdrängen kann, wird er von der Zeugenladung doch ein bisschen überrascht. Seine Freundin nimmt das Einschreiben des Gerichtes entgegen und gibt es ihm abends nach seiner Rückkehr von der Arbeit. Es ist ein schmuckloses Blatt recyceltes Papier, DIN A 4, ein Formular für die Justizbehörden in Nordrhein-Westfalen. Es trägt das Datum des 2. September 1999, mit der Schreibmaschine sind die leeren Felder ausgefüllt. Als Grund des Verfahrens ist in hölzernem Amtsdeutsch »wegen vers. Mordes pp.« vermerkt, der Beginn der Vernehmung wird für den 1. Oktober auf 10.15 Uhr festgesetzt und Mathiaks Vorname ist falsch geschrieben, mit »g« statt »k«. Er ruft sofort seine die beiden Kollegen im Fanprojekt an und erfährt, dass auch sie zu diesem Termin geladen sind.

Wieder wird die Frage akut, ob er die Wahrheit sagen oder sich auf Gedächtnislücken berufen soll. Wenn er jetzt aussagt, kann er das nicht mehr anonym tun. Burkhard Mathiak stünde dann im Fokus der Hooligans. Seine Angst vor Gewalttaten durch Schläger, die mit den Angeklagten sympathisieren, ist plötzlich wieder da. Erneut kommt der Sozialarbeiter ins Grübeln, doch diesmal geht er einen Schritt weiter als in den zermürbenden 14 Monaten davor. Er behält das Problem nicht mehr für sich.

Burkhard Mathiak öffnet sich Vertrauenspersonen beim FC Schalke 04. Sein erster Weg führt ihn zu Geschäftsführer Peter Peters, der ihm im Jahr davor die Eintrittskarten für die Weltmeisterschaftsspiele in Frankreich besorgt hat. Die Geschäftsstelle des Klubs ist damals noch viel kleiner als heute; sie beschränkt sich auf das Gebäude links von der Einfahrt ins alte Parkstadion, gegenüber dem in den folgenden Jahren entstandenen Neubau mit Verwaltungszentrale, Fanshop und der Gaststätte »Zum Schalker«. Mathiak begibt sich zunächst im ersten Stock des Hauses zu Peters – und der führt den Gast gleich über den schmalen Flur. Im benachbarten Büro erfährt nun Manager Rudi Assauer die ganze Geschichte.

Jetzt bekommt die Sache eine andere Dimension. Ein Rechtsanwalt nimmt sich des Ganzen an, der damalige Justitiar des Klubs, Fred Fiestelmann. Der begleitet nun die Gespräche mit dem Gericht, der Polizei und anderen Behörden. Die wichtigste Frage: Was wird aus dem Zeugen?

So viel ist klar: Er kann seine Arbeit als Leiter des Fanprojektes nicht mehr weiterführen und bedarf dringend des Personenschutzes.

Zwei »absolute Profis, die mit allen Wassern gewaschen waren«, sind Mathiak in Erinnerung, Beamte aus Hannover. Einer der beiden ist Reinhard Knapp, ein ganz erfahrener Mann auf dem vergleichsweise jungen Fachgebiet. Zeugenschutz existiert nämlich erst etwa seit Ende der achtziger Jahre, während die Wurzeln des deutschen Strafgesetzbuchs in das Jahr 1871 zurückreichen.

Auch für die Spezialisten ist es ein außergewöhnlicher Fall, »eine ganz andere Art des Zeugenschutzes«, wie Knapp sagt. Mathiak ist alles andere als der typische Klient. Knapp: »Er war ja weder Augenzeuge noch Tatbeteiligter.« Üblicherweise nämlich werden solche Personen beschützt, oft mit einer neuen Identität versehen oder umgesiedelt. Ziel der Maßnahme ist es, »die Aussagewilligkeit zu stützen« (Knapp). Alles geschieht auf freiwilliger Basis, wird mit dem Zeugen abgesprochen. Hält er sich nicht an die Absprachen, ist das Schutzprogramm nicht durchführbar, entsprechend wird es dann beendet. Reinhard Knapp sagt: »Wenn derjenige nicht führbar ist, wird er entlassen.« Das musste er im Laufe seiner Arbeit gelegentlich veranlassen. Ohnehin ist in dem System, so der Personenschützer, »der Zeuge die Schwachstelle«. Einmal wurde ein von Knapp versteckter Kronzeuge verletzt, weil ihn seine Freundin ohne Absprache besuchte und dabei Feinde, die diese Freundin überwacht hatten, unfreiwillig zu ihm führte.

Mathiak erinnert sich an ein Angebot, ihn in Irland anzusiedeln. Ein neuer Name, neue Papiere, ein neues Leben fern der Heimat. Das allerdings stammt nicht von den Beamten aus Hannover, die weniger gravierende Maßnahmen für ausreichend halten. Eine komplett neue Identität für Zeugen, die gelegentlich in amerikanischen Krimis zu sehen ist, kennt das deutsche Recht nicht; allenfalls die Namensänderung ist möglich.

Die deutschen Polizeibeamten erstellen in den nächsten Wochen eine ganz konkrete Gefährdungsanalyse, in der sie die Bedrohung sehr ernst nehmen. Um sich ein möglichst klares Bild von der Sachlage zu machen, reisen sie dafür oft nach Gelsenkirchen. »Wir haben uns sehr mit der Szene befasst, auch Hooligan-Treffpunkte angesehen«, berichtet Knapp. Relativ bald entscheiden sich die Polizisten zu einer »offensiven Strategie«.

Burkhard Mathiaks Furcht ist zwar groß, mit dem Schlimmsten rechnet er jedoch nicht: »Dass mich wirklich jemand umbringt, habe ich nicht erwartet. Aber ich hatte Angst, verprügelt zu werden, vor eingeschlagenen Scheiben und zerstochenen Autoreifen oder Ähnlichem.« Das deckt sich mit der Einschätzung der Beamten. Knapp analysiert: »Eine Umsiedlung kam in dem Fall überhaupt nicht in Betracht. Die Freundin war im öffentlichen Dienst – sie da rauszureißen, war nicht sinnvoll. Eine Auslandsansiedlung wäre völlig unnötig gewesen; das wäre, wie mit Kanonen auf Spatzen zu schießen.«

Auch ist eine neue Identität allein nicht hilfreich; Mathiak ist zu bekannt, wie Knapp es formuliert, »ein Teil des öffentlichen Lebens bei Schalke«. Ein neuer Name allein nutzt da nichts. Dass er so weit entfernt vom Gefahrenpotenzial wohnt, mehr als eine Autostunde, stärkt die Entscheidung der Zeugenschützer, zunächst weniger einschneidende Schritte in Betracht zu ziehen.

Für den Augenblick besteht ohnehin noch keine Gefahr, bis zu seinem Auftritt vor Gericht ist seine Identität als Zeuge ja noch nicht offenbart. So ist das vorläufige Ergebnis der Gefährdungsanalyse, dass Mathiak erst einmal zur Aussage vor Gericht geleitet wird und dann mit seiner Familie für einige Wochen untertauchen soll. Von dem Verlauf dieser Tage werden seine weitere Bewachung und alle anderen Maßnahmen abhängig gemacht.

★ ★ ★

Der FC Schalke 04 koordiniert weitere Schritte, denn gerade die Frage von Mathiaks beruflicher Zukunft ist ja ungeklärt. Für den Abend des 30. September wird ein Gespräch mit Vereinsvertretern, Polizei, Staatsanwaltschaft, den Trägern des Fanprojekts, Freundin, Rechtsanwalt, Sicherheitsbeauftragten und Vertretern des Deutschen Fußball-Bundes anberaumt, das sich Mathiak als »surreal« eingeprägt hat: »Wie das letzte Gericht. Ab morgen wird alles ganz anders, und jetzt sitzen die hier und unterhalten sich über dein Leben. Und du bist aller Möglichkeiten beraubt.«

Es ist schon dunkel, als das knappe Dutzend an Menschen in der Geschäftsstelle an der Kurt-Schumacher-Straße[17] zusammenkommt. DFB-Präsident Egidius Braun erfüllt seine Zusage nicht und sagt kurzfristig die Teilnahme ab, vom Fußballverband erscheint nur der Sicherheitsbeauftragte Wilfried Hennes. Während der Besprechung schwindet auch die Möglichkeit, Mathiak könne in seinem erlernten Beruf weiterarbeiten. Dass der größte Sportverband der Welt für den jungen Mann in einem seiner Fanprojekte eine Stelle finden würde, haben die Beteiligten gehofft. »Der DFB hat sich schofelig verhalten«, findet Reinhard Knapp, der Zeugenschützer; ein anderer Teilnehmer der Besprechung formuliert es krasser: »Der

DFB hat ihn ganz schön verarscht.« Nur einer legt sich nach Knapps Erinnerung richtig ins Zeug: »Wer wirklich was gemacht hat, war Assauer.« Rudi Assauer ist die große Führungsfigur des Klubs in den neunziger Jahren.

Burkhard Mathiak fühlt sich beklommen an seinem letzten Tag im alten Leben: »Alle waren ein bisschen ratlos.« Eine angenehme Überraschung jedoch erlebt er noch: »Rudi Assauer hat mir viel Glück gewünscht und mir einen Scheck über 10.000 Mark in die Hand gedrückt.«

Es ist eine Art Überbrückungsgeld, wie es heute auch gesetzlich vorgesehen ist. Mathiak aber wird von der Zahlungsanweisung keinen Gebrauch machen; vier Wochen später gibt er sie dem Schalke-Manager wieder zurück.

Der unmittelbare Träger des Fanprojekts, Gelsensport, stellt den Sozialarbeiter auf unbestimmte Zeit von seiner Aufgabe frei, geklärt ist außerdem wenigstens die unmittelbare Zukunft der Familie. Zunächst soll sie für etwas mehr als vier Wochen in zwei Ferienparks in den Niederlanden untertauchen, die Mathiak selbst ausgesucht und gebucht hat. Es sind gerade Herbstferien, mit diesem Hinweis wird der dreijährige Sohn im Kindergarten entschuldigt. Die Freundin Claudia G. ist Beamtin in einer Justizvollzugsanstalt und bekommt umgehend Urlaub, nachdem sie die Situation geschildert hat.

10

Am Morgen des 1. Oktober 1999 bricht die vierköpfige Familie in zwei Autos auf. Mutter und Kinder fahren direkt in die Ferienanlage in der Nähe von Venlo, Burkhard Mathiak nur bis zur Autobahnraststätte Solingen-Ohligs an der A 3. Dort erwarten ihn die beiden mit dem Zeugenschutz betrauten Polizisten aus Hannover und bringen ihn in einem unscheinbaren PKW nach Essen in das Gericht. »Es gibt zwei Möglichkeiten«, erklärt Reinhard Knapp: sichtbar und mit großem Aufwand oder diskret durch die Hintertür. Die Beamten entscheiden sich, nachdem sie vorher die Örtlichkeit erkundet haben, für die kleine Lösung: »An- und Abfahrt hat niemand mitgekriegt.«

Der Wagen parkt nicht vor dem Haupteingang, sondern gelangt durch eine schmale, unscheinbare Zufahrt in der Kortumstraße, einer kleinen Nebenstraße, in den Innenhof des gewaltigen Gerichtsgebäudes. Er hält unmittelbar vor einer kleinen, besonders gesicherten Tür, die vor allem für die gefährlichen Angeklagten vor dem Schwurgericht bestimmt ist.

Dahinter befindet sich »ein langer Gang wie in einer Haftanstalt« (Knapp) mit etwa einem Dutzend kleiner Arrestzellen. Dort warten die Angeklagten jeweils getrennt voneinander, bis sie in den Verhandlungsraum geführt werden. 1999 gibt es in dem großen Komplex in der Zweigertstraße, in dem allein 300 Bedienstete Platz finden müssen, noch keinen anderen Ort, der für Mathiak in seiner nervenaufreibenden Lage geeignet ist. »Inzwischen haben wir einen netten Raum, in dem sich Zeugen aufhalten können, die aus den unterschiedlichsten Gründen nicht vor dem Sitzungssaal warten wollen«, berichtet Wolfgang Schmidt, der Pressesprecher des Gerichts.

Für Mathiak jedoch bleibt an diesem Herbstmorgen nichts anderes als eine Gefängniszelle. Seine Begleiter kundschaften noch einmal den Gerichtssaal und dessen Umgebung aus und gehen einen Kaffee trinken, der Zeuge muss etwa 45 Minuten in dem kargen Raum ausharren – hinter Gittern. Wenigstens ist seine Zelle nicht abgeschlossen, anders als die der vier Angeklagten, die unmittelbar daneben untergebracht sind. Sie sind bereits da, als Mathiak ankommt. Diese Nähe empfindet er als sehr unangenehm, auch wenn aus den anderen Räumen keine Geräusche zu ihm dringen. Ein Gedanke schießt dem Zeugen durch den Kopf: »Wenn die wüssten, dass ich daneben sitze, die würden durch die Wand kommen.«

Die Angeklagten werden einige Minuten vor ihm in den Gerichtssaal geführt, dann macht er sich auf den Weg – »raus, Treppe hoch und dann durch so 'ne Tür neben den Richtern«. Es ist eine direkte Verbindung vom Zellentrakt in den größten Verhandlungsraum des Gebäudekomplexes.

»Eine ganz andere Perspektive als im Bereich für die Zuschauer« eröffnet sich dem wichtigen Zeugen. »Ich hatte den ganzen Saal vor mir.« Es ist für ihn seltsam, in Begleitung eines Rechtsanwalts dort aufzutreten, des von Schalke verpflichteten Fred Fiestelmann, der im Saal auf ihn wartet. Die Veränderung in dem Raum durch sein Erscheinen ist fast mit Händen zu greifen. Der Zeuge muss an der Bank der Angeklagten vorbei zu seinem Platz. »Als die Tür aufging, war es ihnen sofort klar«, glaubt Mathiak. »Ich könnte Stein und Bein schwören, dass ihre Hoffnung geschwunden ist, dass sie hier schnell wieder rauskommen.«

Die Erinnerung des Richters ist noch extremer. Der Auftritt muss so außergewöhnlich gewesen sein, dass Rudolf Esders mehr als ein Jahrzehnt danach eine im Detail sogar sachlich falsche Rückschau hält: »Wenn ich es richtig weiß, genügte allein Mathiaks Auftreten, um B. zur Aussage zu bringen. Ich weiß gar nicht, ob wir den Zeugen überhaupt noch vernommen haben.«

Tatsächlich befindet sich Burkhard Mathiak etwa 20 Minuten im Zeugenstand, einem unscheinbaren, gepolsterten Stuhl im Dreieck zwischen den Bänken der Angeklagten, der Richter und der Staatsanwaltschaft. Vor dem Sitzplatz befindet sich eine Art Podest zur Ablage von Unterlagen. Drei Seiten sind mit hellgrauem Holz verkleidet, nur zum Stuhl hin ist es für die Beine frei. Anders als bei den meisten Prozessen, die hier vor verschwindend kleiner Kulisse ablaufen, ist diesmal das Mikrofon, das auf dem Tisch angebracht ist, eingeschaltet.

Mathiak wird auch von den Verteidigern der Angeklagten befragt. Der frühere Leiter des Schalker Fanprojektes bestätigt seine Aussage bei der Polizei im Juli 1998, er erkenne B. auf dem Foto »zu 98,5 Prozent« anhand von Haarschnitt, Figur und des T-Shirts, das damals nur von Personen aus dem inneren Zirkel der Gelsenkirchener Hooliganszene getragen werden »durfte«.

Für Richter Esders hat sich vieles allein auf das Erscheinen Mathiaks verdichtet: »Da war die Luft raus, nachdem der Vertreter des Angeklagten die Erklärung verlesen hatte.« Was im Rückblick wie eine Sache von Minuten wirkt, zieht sich über mehr als eine Woche hin. Das vom Rechtsanwalt von B., Wolfgang Weckmüller, verlesene Teilgeständnis des Angeklagten B. datiert vom nächsten, dem 26. Verhandlungstag am 10. Oktober.

Burkhard Mathiak wird nach seiner Aussage – »erleichtert« – zu seinem Wagen auf den Parkplatz an der Autobahn 3 zurückgebracht, reist von dort allein weiter Richtung Venlo.

Im Auto wartet er »intensiv auf erste Reaktionen aus Gelsenkirchen«. Wenn auf der Anzeige seines Mobiltelefons »eine unbekannte Nummer erschien, hatte ich ein ungutes Gefühl«. Seine Handynummer hat er immer großzügig weitergegeben, viele kennen sie. Das macht ihn jetzt unruhig; er rechnet »jetzt mit der ersten Morddrohung«. Mit dem Abstand von zwölf Jahren kann er ganz entspannt formulieren, was ihn damals verängstigt: »Ich weiß nicht, ob ich wirklich hören will, was der mir jetzt sagen will.«

Doch so schlimm wird es nicht. Rudi Assauer und Peter Peters aus dem Vorstand von Schalke 04 erreichen ihn für ein paar aufmunternde Worte, einige Freunde und auch »zwei, drei aus dem Randbereich der Szene«. Überrascht stellt Mathiak fest, dass sie ihm durchweg Respekt für sein Handeln zollen. Ein Anrufer meint: »Ich hätte nicht gedacht, dass du das warst, aber es war schon der richtige Schritt.«

Das Wetter in den folgenden Wochen in den Niederlanden ist ungemütlich, typisch Herbst, mit viel Grau und Regen, doch die Kinder zu beschäftigen, fällt Burkhard Mathiak nicht schwer: »Wir haben unseren Spaß gehabt.« Schwimmen gehen sie, besuchen Museen, fahren Rad und schlendern durch den Zoo. Nicht ganz unbefangen: »Auf Parkplätzen habe ich immer geguckt, ob ich ein Auto mit Gelsenkirchener Kennzeichen sehe.« Die Freundin hat diese Wochen als belastender im Gedächtnis: »Wir waren sehr angespannt, konnten das Ganze nicht genießen.«

Die Personenschützer sind nicht in der Nähe. »Wenn wir dort sitzen müssen, haben wir etwas falsch gemacht«, sagt Experte Reinhard Knapp. Seit zehn Jahren ist er zu diesem Zeitpunkt mit Personenschutz vertraut, also praktisch seit dem Beginn derartiger Maßnahmen in Deutschland. Auch wenn die rechtlichen Grundlagen zu diesem Zeitpunkt noch nicht in Gesetzen fixiert sind, funktioniert die Praxis schon lange. »Unsere Arbeit hat immer gegriffen«, sagt Knapp stolz, mehrfach hat er schon Menschen und ganze Familien umgesiedelt.

Dieser Auftrag weicht vom Üblichen ab, ein Zeugenschutz von unbegrenzter Dauer scheint nicht nötig. Reinhard Knapp ist »von Anfang an klar, dass es nur temporär sein wird«. Zunächst der Auslandsaufenthalt, den die Behörde bezahlt, »nach Abklingen der Hochphase« dann ein gewisser Schutz in der Wohnung und am Arbeitsplatz.

Jetzt in den Niederlanden ist noch einiger Schreibkram zu erledigen: Es sind Formulare auszufüllen, die den Zeugenschutz betreffen. Die Beamten aus Deutschland kommen nach zwei Tagen; in der kleinen Kneipe der Ferienanlage setzen sie sich mit Mathiak zusammen. Er muss etwa ein Dutzend Unterschriften leisten, u. a. wird veranlasst, dass beim Einwohnermeldeamt seine Daten nicht mehr abgefragt werden können. Nach zwei Wochen wechselt Burkhard Mathiak mit seiner Familie in einen anderen Bungalowpark nahe Arnheim, insgesamt sind die vier von ihrer Wohnung im Bergischen Land knapp fünf Wochen weg. Dort beobachtet die Polizei jedoch in dieser Zeit keine besonderen Vorkommnisse.

Mit der Rückkehr aus den Ferienparks wird das Leben für Familie Mathiak/G. wieder nervenaufreibender. Die Gefahr ist in Deutschland – näher an der gewaltbereiten Gelsenkirchener Szene – realer als in den Niederlanden. Außerdem erhält der Sozialarbeiter jetzt ständig Besuch von der Polizei, die zum einen nach dem Rechten sieht und zum anderen darüber informiert, was sie in der Fanszene ermittelt hat.

Mathiak wohnt mit seiner Familie in Kürten, 35 Kilometer östlich von Köln. Er ist ohne Arbeit, nur seine Bezüge laufen noch für unbestimmte Zeit weiter. Weil der Deutsche Fußball-Bund ihm kein Angebot macht, muss er sich anders orientieren – sehr widerwillig: »Ich hätte gerne weiter als Sozialarbeiter gearbeitet.«

11

Mathiaks Aussage am 1. Oktober, die einzige unter Eid in diesem Verfahren vor dem Landgericht Essen, wird in allen Fernseh-, Radioberichten und Zeitungsartikeln intensiv gewürdigt – als »Wende im Nivel-Prozess«. So lautet manche Schlagzeile, und der Sportinformationsdienst spekuliert, dieser Verhandlungstag »wird möglicherweise der entscheidende gewesen sein«. Staatsanwalt Joachim Lichtinghagen wertet den Prozesstag als »großen Erfolg«, Rechtsanwalt Harald Wostry, der Nivel als Nebenkläger vertritt, als »großen Fortschritt«.

André B. legt daraufhin am nächsten Sitzungstag sein Teilgeständnis ab, verlesen von seinem Anwalt, da sich B. selbst während des ganzen Prozesses nicht zur Sache äußert. Er macht wie viele andere Zeugen an den insgesamt 31 Verhandlungstagen in Essen von seinem Aussageverweigerungsrecht Gebrauch, um sich nicht selbst zu belasten.[18] B. gibt lediglich zu, Daniel Nivel mit einer Flasche auf Arm oder Oberkörper geschlagen zu haben, nicht aber die schweren Schläge mit dem Gewehraufsatz, die zu Nivels schlimmen Gesundheitsschäden führten.

Der junge Fotograf aus Österreich, Walter D., ist für das Gericht nicht sehr glaubwürdig. Er übertreibt vieles, verwickelt sich wiederholt in Widersprüche, und Richter Rudolf Esders findet:»Seine Aussagen waren von Zynismus geprägt, der seiner Jugend zuzuschreiben ist.«

Hundertprozentige Klarheit über die persönlichen Schuldanteile aller am 21. Juni 1998 in Lens Beteiligten kann das Gericht nicht schaffen, einiges bleibt offen, nicht zuletzt, wer der Mann ist, der Daniel Nivel als Erster zu Boden geschlagen hat. In den Plädoyers spricht der Staatsanwalt von »besonderer Gefühlskälte« und »unglaublicher Brutalität«.

Es ist »eine belastende Phase meines Lebens«, sagt Burkhard Mathiak. Das ist eine euphemistische Formulierung: Es geht ihm richtig schlecht. Angst und Zukunftssorgen nagen an ihm, denn er ist zunächst ständig mit der Gefährdung konfrontiert. Reinhard Knapp, der für den Zeugenschutz zuständige Beamte aus Hannover, lässt »an seinem Wohnort über die dortige Polizei Schutzmaßnahmen fahren«. Er erteilt den »Auftrag, regelmäßig in unregelmäßigen Abständen die Wohnung anzufahren«.

Zunächst hat Mathiak fast täglich Besuch von uniformierten Polizisten, die auch mal auf einen Kaffee ins Haus kommen. Denn noch wissen auch die Behörden nicht, auf was sie sich genau einzustellen haben. Knapp und sein Kollege ermitteln in diesen Wochen weiter, suchen Fantreffs auf und hören sich um. In der »Hochphase« der Bedrohung unterbreiten sie dem Zeugen unangenehme Neuigkeiten.

Mathiak erinnert sich: »Auf zwei Partys wurden ganz konkrete Morddrohungen geäußert.« Die Hooligans fragen sich, wie sie an ihn herankommen, wann und wo sie zuschlagen können. »Das habe ich nicht gern gehört«, sagt der Kronzeuge heute, wieder bagatellisierend. Es wird in diesen Wochen auch das Auto eines seiner beiden Kollegen im Gelsenkirchener Fanprojekt angezündet. Die Täter werden nie ermittelt; vermutlich aber handelt es sich um einen Racheakt im Zusammenhang mit dem Prozess, möglicherweise wurde auch der Wagen mit dem Mathiaks verwechselt.

Einmal gerät sogar das potenzielle Anschlagsopfer selbst in den Fokus der Fahnder. »Ich bin von der Polizei auf dem Heimweg angehalten worden«, erzählt Burkhard Mathiak. Sein Wagen ist in der Werkstatt, und er ist in einem geliehenen Auto mit dem Kennzeichen »GE« für Gelsenkirchen unterwegs. Die Beamten haben Verdacht geschöpft und eingegriffen, eine weitere Kontrolle aber ist natürlich nach Blick in den Personalausweis nicht mehr notwendig.

Mehr als ein halbes Jahr dauert die intensive Betreuung, die Beamten geben immer wieder ihre Einschätzung der

Lage und halten die Augen offen.«So oft Polizei in dem kleinen Dorf, das ist schon was Besonderes« für die Menschen dort, sagt Mathiak. Das Haus in Kürten ist abgelegen und nur über eine kurvige Straße zu erreichen. So sieht und hört man jedes Auto früh, und besonders in den vielen dunklen Stunden in Herbst und Winter schrecken die Bewohner jedes Mal sorgenvoll auf.

Bis die Polizei endgültig zum Ergebnis kommt, »dass die Hooligans nicht an ihm, sondern nur aneinander interessiert sind«, so Hauptkommissar Knapp, wird noch viel Zeit vergehen. Lange begleiten die Beamten den Zeugen, später reduzieren sie die Kontakte, und dann telefonieren sie nur noch gelegentlich. Die Maßnahmen wird Reinhard Knapp aber erst »2003 oder 2004« ganz einstellen.

Ihr Urteil in diesem Prozess fällt die II. Große Strafkammer des Landgerichts Essen mehr als 500 Tage nach dem Verbrechen am 9. November 1999, dem 32. Sitzungstag. »Die Angeklagte sind keine Monster, aber sie haben sich verhalten wie Monster«, sagt der Vorsitzende Richter Rudolf Esders in seiner Urteilsbegründung.

André B. wird wegen versuchten Mordes in Tateinheit mit gefährlicher Körperverletzung zu zehn Jahren Haft verurteilt. Nach Überzeugung des Gerichts hat er mit dem Gasgranatenaufsatz von Daniel Nivels Gewehr mindestens einmal mit solcher Wucht auf den Kopf des französischen Gendarmen eingeschlagen, dass dessen Schädelknochen brach.

Tobias E. erhält eine Freiheitsstrafe von sechs Jahren, Frank A. eine von fünf und Christopher H. eine von dreieinhalb Jahren wegen gemeinschaftlicher gefährlicher Körperverletzung.

Der Deutsche Fußball-Bund erkennt in dem Urteil eine
»abschreckende Wirkung für die gesamte Hooliganszene«.

12

Burkhard Mathiak hört zu Hause im Radio von dem Urteil. Danach geht ihm »vieles durch den Kopf«. Die Entscheidung des Essener Landgerichts empfindet er als »gerechtfertigt und fair«; es habe die damals so aufgebrachte Öffentlichkeit »sehr beruhigt«. Außerdem findet er, es »können beide Seiten damit leben« und auch der Deutsche Fußball-Bund. Richter Esders und seine Strafkammer habe er als »sehr sachbezogen und unaufgeregt« empfunden, gerade angesichts des gewaltigen öffentlichen Trubels.

Mathiak denkt an die beiden Verurteilten, die »keine Fremden« für ihn sind, erinnert sich daran, was er gemeinsam mit B. und A. erlebt hat. Er weiß »wie die sich fühlen und was auf sie zukommt«. In seiner Ausbildungszeit hat der Sozialarbeiter nämlich sechs Monate in der Justizvollzugsanstalt in Köln-Ossendorf gearbeitet. An diesem Novembertag 1999 lässt Mathiak aber auch den Tag in Lens noch einmal Revue passieren und macht sich Gedanken über den schwerverletzten französischen Polizeibeamten.

Verfahren vor Zivilgerichten gibt es letztlich nicht. Zwar zieht die Familie Nivel eine Klage kurz in Erwägung, doch letztlich erscheint sie ihr als nicht sinnvoll. »Vor dem Hintergrund der wirtschaftlichen Situation der Angeklagten haben wir darauf verzichtet«, sagt Rechtsanwalt Harald Wostry. Die Verurteilten müssen schließlich auch die Kosten des Gerichtsverfahrens tragen, da wären ihnen Schadensersatzzahlungen nicht mehr möglich gewesen. Außerdem ist die französische Rechtslage nicht so einfach: Es ist nicht klar, ob das Opfer Daniel Nivel selbst oder das Ministerium, für das er im Einsatz war, eine solche Klage erheben müsste. Im französischen Ministerium fällt die Entscheidung gegen ein weiteres Gerichtsverfahren.

Die Revision der Angeklagten gegen das Essener Urteil hat keinen Erfolg; sie wird vom Bundesgerichtshof abgewiesen.[19]

Mitte November 1999 klärt sich die berufliche Situation Mathiaks. Es findet sich zum 1. Dezember ein Job in der Presseabteilung des FC Schalke 04, die damals noch im Aufbau begriffen ist.[20] Der Sozialarbeiter ist auf seinem Arbeitsplatz praktisch völlig branchenfremd. So verfasst er auch keine Texte für die verschiedenen Publikationen des Klubs bis hin zum großen Jubiläumsbuch;[21] er kümmert sich überwiegend um organisatorische Dinge. Es ist die Zeit, in der große Bundesligaklubs wegen der steigenden Anfragen der Medien immer einen Pressemitarbeiter beim Training haben. Meist ist das in Schalke Burkhard Mathiak, der mit seiner freundlichen Art gut geeignet ist für diese Aufgabe. Gerade bei den Journalisten der weniger bekannten Medien ist er besonders beliebt, weil er sich ohne Vorbehalte auch ihrer Wünsche annimmt.

Nach wie vor ist er bei den Schalker Fußballspielen dabei, in den ersten zwei Jahren aber stets unter Polizeischutz. Anfangs holen ihn die beiden Beamten, die aus Köln kommen, sogar in seinem Haus im Bergischen Land ab, immer begleiten sie ihn ins Parkstadion und später in die Arena, halten sich deutlich sichtbar in seiner Nähe auf. Jetzt geht Mathiak allerdings nicht mehr wie früher »dorthin, wo die Hools sind«. Deren Revier ist Block I im Oberrang ganz rechts auf der Haupttribüne im alten Parkstadion, weil er unmittelbar an die Stehplätze der Gästefans grenzt. Diesen Teil des Stadions betritt der Sozialarbeiter nie wieder, mit dem Umzug in die neue Arena 2001 erledigt sich dieser Aspekt endgültig.

Ohne das Verbrechen in Lens hätte Burkhard Mathiak 2011 vielleicht ein Jubiläum feiern können: 15 Jahre Fanprojektleiter. Doch so lange hätte der Sozialarbeiter wohl nicht durchgehalten. »Irgendwann wäre es gut gewesen«, findet Mathiak. »Wegen der Belastung und des Aufwandes kann man das nur eine gewisse Zeit machen. Der Akku ist dann leer.« Menschen, die diesen Job über Jahrzehnte durchhalten wie Rolf-Arnd Marewski bei Borussia Dortmund sind die absolute Ausnahme.

Möglicherweise »jetzt irgendwo auf einem Jugendamt« zu sitzen, kann sich Mathiak vorstellen. Solch einer Arbeit trauert der 43-Jährige ein wenig nach: »Ich habe mich in dem Job sehr wohl gefühlt. Ich hatte ihn mir ja schließlich ausgesucht.« Anders als die Tätigkeiten, die er inzwischen ausübt. Der Diplom-Sozialarbeiter wirkt weiter im Umfeld des Fußballs, jetzt allerdings in PR und Marketing: »Das macht mir auch Riesenspaß. Es hat viel mit Menschenkenntnis zu tun.« Von der Freundin von damals ist er schon lange getrennt, hält aber sehr intensiven Kontakt zu seinen Söhnen, die beide im Bergischen Land zur Schule gehen.

Daniel Nivel lebt mit seiner Frau völlig zurückgezogen im Norden Frankreichs, sein Gesundheitszustand ist praktisch unverändert. Er bleibt ein Pflegefall.

Seine verurteilten Peiniger haben ihre Haftstrafen verbüßt und sind eine Zeit lang noch mit Stadionverboten belegt. Frank A. wirkt heute als Jugendbetreuer bei einem Essener Kreisligisten. Christopher H. wird 2010 auf Mallorca wegen illegalen Waffenbesitzes festgenommen. Er soll ein führendes Mitglied der Hells Angels in Potsdam gewesen sein und dann eine Sektion auf der spanischen Insel gegründet haben.

Burkhard Mathiak begegnet A. in seiner Zeit auf der Schalker Pressestelle einmal im Fanshop der Königsblauen. Plötzlich steht er ihm gegenüber, sie können einander nicht ausweichen. »Ein kurzes Gespräch, hallo und wie geht's«, ist Mathiak davon in Erinnerung. Ein unangenehmes, allerdings kein besonders schlimmes Treffen. A. sei ohnehin der weniger gewaltbereite der beiden verurteilten Gelsenkirchener gewesen. Die größere Gefahr sei immer von B. ausgegangen, wegen seiner teilweise unkontrollierten Aggression galt er »als das Pulverfass«.

Gerd Rehberg, 1999 Präsident und heute Ehrenpräsident von Schalke 04, lobt den ehemaligen Angestellten des Klubs. »Ein guter Junge«, findet Rehberg. Was Mathiak getan habe »unter dem großen Druck aus der Szene, dazu gehört schon eine Menge Zivilcourage«.

13

Ein milder Spätsommerabend 2010 in Duisburg, alles fühlt sich schon nach Herbst an. Das frühere Wedaustadion, das schon die ersten Jahre der Bundesliga erlebt hat und auch, wie sich der Fernsehkommissar Schimanski im Tatort mal nackt auszog, hat gerade aus dem Werbeetat eines weitgehend unbekannten Reiseveranstalters einen sperrigen neuen Namen mit 23 Buchstaben und zwei Bindestrichen erhalten, der hell von der neuen Front leuchtet. Inzwischen beherbergt die schmucke Arena einen Zweitligaklub. Eine Seitenstraße weiter liegt etwas versteckt die Sport-

schule des Landes Nordrhein-Westfalen, eine unscheinbare, weitläufige Anlage mit wuchtigen Gebäuden aus den
siebziger Jahren und einem halben Dutzend Sportplätzen.
Am größten brennt das Flutlicht, es wird Fußball gespielt.
Gerade mal ein Dutzend Zuschauer hat das Ereignis ange-
zogen, darunter zwei Spielerberater und den Trainer des
Drittligisten Rot Weiß Ahlen, Arie van Lent. Der Abend
ist mild, die Begegnung einseitig. Fortuna Köln gewinnt
mit 5:1 gegen eine Auswahl von arbeitslosen Fußballprofis,
denen die Vereinigung der Vertragsfußballer hier ein kos-
tenloses Trainingslager organisiert.

Burkhard Mathiak sitzt auf der Trainerbank der Kölner
Gäste und tippt etwas in sein Mobiltelefon. Er ist jetzt für
die Presse- und Öffentlichkeitsarbeit zuständig bei der
Fortuna in der fünfthöchsten deutschen Spielklasse, aber
längst auch so eine Art Manager. Für seinen Lebensunter-
halt reichen seine Einkünfte von dort nicht, deshalb hat er
noch weitere Jobs und Projekte.

2006 ist der ehemalige Sozialarbeiter bei Schalke 04 ausgeschieden, der Öffentlichkeitsarbeit aber treu geblieben.
Er macht sich als PR-Berater selbstständig, für ihn »ein
weiterer Karriereschritt«, der den positiven Nebeneffekt
hat, dass er sich die vielen langen Autofahrten aus dem
Bergischen Land nach Gelsenkirchen spart.

Mathiak stürzt sich außerdem in etliche Unternehmen,
die er auch heute noch parallel betreibt. Unter anderem
bietet er individualisierte Autogrammkarten im Trikot des
Lieblingsvereins auf www.ichbinderstar.de an. Fortuna
Köln beansprucht etwa zwei Drittel seiner Arbeitszeit, die
mit einer 38-Stunden-Woche nichts zu tun hat; in einem
Container am Kölner Südstadion hat er ein kleines Büro.
Die Fortuna, in den siebziger Jahren mal erstklassig und

jetzt in der NRW-Liga beheimatet, ist eine außergewöhnliche Erscheinung: die erste Kapitalgesellschaft im Amateurfußball. Außerdem darf dort jeder Fan übers Internet an Entscheidungen des Klubs mitwirken. »Manage ein echtes Fußballteam!«, lautet der Slogan auf www.deinfussballclub.de.

Offene Kommunikation, auf Menschen zugehen, das liegt Mathiak, und an diesem melancholischen Abend wird auch offensichtlich, dass er seine beruflichen Wurzeln nicht hinter sich gelassen hat. Bereits dieses Gastspiel gegen die bunte Sammlung der Arbeitslosen, zu dem Mathiak seine Fortuna schon zum zweiten Mal in diesem Jahr 70 Kilometer rheinaufwärts geschickt hat, ist ja Sozialarbeit an sich.

Es wird einem schon mau ums Herz, wenn man dort selbst Nationalspieler und WM-Teilnehmer ohne Selbstvertrauen über den Platz schleichen sieht. Delron Buckley, der mit Südafrika die Weltmeisterschaften 1998 in Frankreich und 2002 in Japan und Südkorea erlebte, fällt gar nicht auf, und Francis Kioyo, dreimal für Kameruns »unzähmbare Löwen« nominiert und inzwischen lange Deutscher, imponiert wenigstens gelegentlich durch seine Ballführung.

Kurz vor Schluss steht Kioyo im Fünfmeterraum frei vor dem Kölner Torwart, vergibt aber die Chance. Als er nach Spielende abgekämpft von der Auswechselbank grüßt, sieht er so traurig aus, dass man sich an sein größtes Missgeschick erinnert: Ein von ihm gegen Hertha BSC verschossener Elfmeter besiegelte 2004 den Abstieg seines damaligen Klubs 1860 München.

Später stehen die Männer noch zehn Minuten hungrig vor dem verschlossenen Speisesaal, bis endlich jemand mit dem Schlüssel kommt. Bei belegten Broten, Kartoffelsalat und kaltem Hähnchen klingt der Abend aus. Burkhard Mathiak verspricht einem Kölner Spieler, der wegen einer Verletzung nur in Straßenklamotten erschienen ist, sich für dessen Bekannten aus Burkina Faso einzusetzen, der sich gerade um eine Aufenthaltsgenehmigung für Deutschland bemüht. Einen anderen Spieler wird er später nach Hause fahren, weil der kein Auto hat und es für ihn um die späte Stunde keine günstige Verbindung mit öffentlichen Verkehrsmitteln mehr gibt.

Lens, Rue Pruvost, 2010.

Foto: Tibor Meingast

Der Präsident des Deutschen Fußball-Bundes, Theo Zwanziger, wertet das Attentat auf Daniel Nivel auch 2011 noch als »schrecklichstes Ereignis« der deutschen Fußballhistorie. Er sagt: »Dieses Verbrechen ist nach wie vor fest in unserer Erinnerung. Wir dürfen es nicht vergessen, weil wir sonst auch unser Engagement gegen Gewalt relativieren würden. Deshalb ist es ein so schreckliches Ereignis, dass es auch weiterhin unsere Arbeit begleiten muss, und ist somit ein fester, wenn auch sehr unerfreulicher Teil unserer Geschichte.«

So wirken die Ereignisse aus dem Jahre 1998 auch noch heute auf die aktuelle Arbeit des DFB. Man müsse gut vorbereitet sein, wenn es in Fußballspiele und ganz besonders Länderspiele bei großen Turnieren geht, so Zwanziger. Es sei nicht sinnvoll, furchtbare Begebenheiten zu verdrängen: »Vielmehr müssen sie mahnendes Beispiel und Antrieb sein, alles zu versuchen, dass sie sich nicht wiederholen.«

Es ist eine feine Ironie der Fußballgeschichte, dass das schlechteste Abschneiden einer deutschen Mannschaft bei einer Weltmeisterschaft nach dem Zweiten Weltkrieg mit diesem schrecklichen Ereignis zusammenfällt. Bei seinen 15 WM-Teilnahmen seit 1954 gelang Deutschland die einzigartige Leistung, immer ins Viertelfinale oder eine vergleichbare Runde vorzudringen, nie aber war es dort dann schwächer als 1998. Mit 0:3 gegen Kroatien erlitt Deutschland die höchste Viertelfinalniederlage und wurde Achter.[22]

»Die Szene hat innegehalten«, sagt Burkhard Mathiak heute zu dem blutigen Zwischenfall. »Leute, die es vorher cool fanden, sahen: Das ist nicht das, was sie wollten. Viele merkten: Das ist nicht meine Baustelle.« Die Gruppierungen, die Gewalt nicht ablehnen, seien von jeher eine »homogene Szene. Da herrscht auch Druck, drin zu bleiben.« Sich in dieser Phase davon loszusagen, sei damals von den anderen akzeptiert worden. So sieht Mathiak das Verbrechen »für Hooligans in Deutschland als Umkehrpunkt«.

Gunter Pilz dagegen, der vielleicht renommierteste deutsche Fanforscher, kam 1999 zum gegenteiligen Ergebnis.

Der Professor am Institut für Sportwissenschaften der Universität Hannover sagte der Deutschen Presse-Agentur damals, die Teilnehmer an den Krawallen in Lens würden in der Szene als Helden verehrt: »Lens war kein heilsamer Schock, die Betroffenheit war relativ schnell weg.« Der Wissenschaftler meinte: »Jeder Hooligan, der nur in der Nähe war, gilt jetzt was.«

Gewalt beim Fußball ist ein Thema, das die Massen fasziniert. Die halbstündige Fernsehsendung »Kampfzone Fußball«[23], die das ZDF am 27. März 2008 kurz nach 0 Uhr ausstrahlt, ist die besteingeschaltete Dokumentation des Senders überhaupt. Im Durchschnitt sehen 1,65 Millionen Menschen zu, ein Marktanteil von 18,7 Prozent. Dort wird die Gewalt im Umfeld deutscher Fußballstadion nachgezeichnet.

★ ★ ★

13 Jahre nach dem Verbrechen in Lens halten Hooligans die Ordnungskräfte nach wie vor in Atem: Fußball und Krawalle bleiben untrennbar verbunden. Im aktuellen Bericht der Zentralen Informationsstelle Sporteinsätze (ZIS) lautet das Fazit in sorgsamem Beamtendeutsch: »Eine Trendwende, die einen Rückgang des gewaltbereiten Potenzials in den Anhängerschaften der Vereine indizieren würde, ist weiterhin nicht erkennbar.«[24] Im Klartext: Es wird weiter wüst geprügelt im Umfeld der beliebtesten Sportart im Land.

Die Tendenz ist sogar ansteigend, wie die Studie der Polizei zeigt: »Gewalttätige Ausschreitungen durch sogenannte Fußballfans bewegen sich seit Jahren auf einem saisonal schwankenden, jedoch zunehmend höheren

Niveau.« Die Statistik weist mehr als 6.000 Strafverfahren allein im Zusammenhang mit den Spielen der Klubs der ersten und zweiten Bundesliga aus, eine Steigerung von 32 Prozent zum Vorjahr. Folgen davon sind etwa 9.000 Festnahmen und (inklusive DFB-Pokal, Europacup und Länderspiele, aber ohne dritte oder tiefere Ligen) 600 durch Ausschreitungen verletzte Menschen. Unfälle sind in dieser Statistik nicht berücksichtigt.

Eine »neue Dimension« nimmt Fanforscher Pilz, der auch dem Sportausschuss des Deutschen Bundestages 2008 Einblick in die gewaltbereite Szene beim Fußball vermittelte, wahr. Nach seiner Definition sind Hooligans die Fußballanhänger, die sich gerne im Umfeld der Stadien prügeln. Der Begriff und auch das Phänomen Hooligan kommen aus Großbritannien, wo Körperverletzung am Rande des Fußballs eine noch längere traurige Tradition als in Deutschland hat. Zur größten Tragödie kam es im Brüsseler Heyselstadion beim Endspiel des Europapokals der Landesmeister im Mai 1985, als Anhänger des FC Liverpool die Fans von Juventus Turin attackierten und als Folge 39 Menschen starben. Englische Klubs wurden damals für Jahre aus den Europapokalwettbewerben ausgeschlossen.

Den Hooligans stellt Pilz die Ultras gegenüber, einen Begriff, den die Fangruppen auch ganz offensiv selbst benutzen. Fast in jeder Bundesligastadt gibt es einen Fanklub dieses Namens, seine Plakate sind in den Stadien nicht zu übersehen. Ultras sind oft jünger, fühlen sich im immer kommerzieller werdenden Fußballgeschäft stärker den traditionellen Werten verpflichtet und haben zu Gewalt – zumindest nach Pilz' klassischer Theorie – ein eher distanziertes Verhältnis. Das gilt aber nur für die Mehrzahl der

Ultras, unter ihnen gibt es durchaus auch gewaltbereite Besucher von Fußballspielen.

Um ihre alten Werte hochzuhalten, bemühen sich die Ultras um gemeinsame Gesänge und eine Art Choreografie, haben oft eine Art Dirigent mit der Dienstbezeichnung »Capo«, die italienische Bezeichnung für einen Chef oder Häuptling. Sie bevorzugen die billigen Stehplätze und sind der entscheidende Faktor für die typische Fußballstimmung in den Stadien. Oft gehen nur sie aus sich heraus, während auf den teureren Plätzen relative Ruhe herrscht. Gerne halten sich diese weniger lauten Zuschauer in den VIP-Räumen auf, für deren Besuch sie hohe Eintrittspreise zahlen, und erscheinen gelegentlich erst mehrere Minuten nach dem Anpfiff oder in Ausnahmefällen auch gar nicht auf ihren Tribünenplätzen. Denn immer wieder mal übersteigt die Qualität der Filets und Jahrgangsweine an den Büffets drinnen die des Fußballspiels draußen.

Die Brisanz des emotionalen Gefälles in den Stadien bringt 2007 auf der Jahreshauptversammlung des FC Bayern München Manager[25] Uli Hoeneß auf den Punkt. Er brüllt den Stehplatzbesuchern entgegen, dass die Einnahmen aus ihren Eintrittsgeldern von sieben Euro pro Platz allein die hohen Kosten für die neue Arena nicht decken. Die Wutrede gipfelt in dem Satz: »Was glaubt ihr, wer euch finanziert? Die Leute aus den Logen, denen wir das Geld aus der Tasche ziehen.« Gerade die Münchener Arena nämlich ist für ein »Opernpublikum« bekannt: Auf den teureren Plätzen ist große und lautstarke Anteilnahme am Spielgeschehen nicht üblich.

Das ist kein Einzelfall: Selbst im stimmungsvollen Schalke ist es in der Champions League viel ruhiger als bei normalen Bundesligaspielen. In internationalen Spielen sind dort Stehplätze verboten, und durch die deshalb notwendige Umrüstung des Stadions fallen auf der gesangsfreudigen Nordtribüne fast 10.000 Plätze weg.

Der Einfluss der Ultras auf die Geräuschkulisse beim Fußball hat aber nicht nur positive Aspekte. Mit Ausnahme der Anhänger von SC Freiburg und Mainz 05 kommen aus dieser Ecke oft auch schlimme Beleidigungen oder die Aufforderung zu Gewalt. Die Gesänge sind regelmäßig alles andere als Friedensbotschaften. »Tod und Hass dem VfB!«, skandieren beispielsweise gern die Ultras des Karlsruher SC bei Begegnungen mit dem verhassten Nachbarn aus Stuttgart. Diesen unsäglichen Satz, der sich auch noch an der deutschen Sprache vergeht, hört man auch in Dortmund und Gelsenkirchen unter Bezugnahme auf den jeweiligen Gegner.

Doch die Experten wie Fanforscher Pilz glauben, das gehöre zum Fußball dazu: »Ich denke, wenn man da jetzt wieder sagt: ›Das verbieten wir, und wer das macht, fliegt raus und kriegt Stadionverbot‹, dann hätten wir die Fankurve gleich leer.«

Für den Wissenschaftler bietet ein Stadionbesuch Möglichkeiten, die es in unserer Gesellschaft sonst so nicht mehr gibt: »Der Fußball ist so einer der letzten gesellschaftlichen Orte, wo ich, auf gut Deutsch gesagt, Konventionen beiseiteschieben und die Sau rauslassen kann. Ich kann brüllen und schreien, was ich sonst im Alltagsleben nicht mehr kann. Dort bin ich gezwungen, mich permanent zurückzunehmen und ein Stück weit neben mir her zu laufen. Nur auf dem Fußballplatz kann ich mich ausleben.«

Der Disput in München 2007 hat sich übrigens am Protest der Ultras entzündet, die ihren mangelnden Einfluss auf das Vereinsgeschehen beklagten. »Viele Fußballfans gewinnen den Eindruck, sie seien außen vor, wenn in den Klubs Entscheidungen fallen«, findet Burkhard Mathiak. So werden Proteste immer aggressiver, beispielsweise in Stuttgart und Köln, wo Mannschaftsbusse blockiert und Spieler ernsthaft bedroht werden. Fußballklubs werden mehr und mehr zu Wirtschaftsunternehmen, denen mitunter eine Strategie für die einfachen Anhänger fehlt. Mathiak: »Natürlich ist es schwer, das Emotionale da einzubinden. Da braucht es neue Ideen.«

Dem Aspekt der Gewalt aus Kreisen der Ultras trägt Forscher Pilz mit der Bezeichnung »Hooltras« Rechnung – Besucher von Fußballspielen, die sowohl an Gewalt als auch an der Gestaltung der Stimmung in den Arenen interessiert sind. Übergänge sind fließend – und Gunter Pilz denkt nun darüber nach, ob eine Differenzierung zwischen Hooltras und Ultras überhaupt noch zuverlässig zu leisten sei.

Eine Veränderung nimmt auch Helmut Spahn, der wohl kompetenteste Experte auf dem Gebiet, wahr: »Den klassischen Hooligan gibt es nicht mehr.« Spahn leitet beim Deutschen Fußball-Bund die Abteilung »Prävention und Sicherheit«, widmet sich dem unangenehmen Thema schon seit Jahrzehnten. 1984 trat er in Hessen in den Polizeidienst ein und schloss dort auch eine Ausbildung zum Diplom-Verwaltungswirt ab, war in verschiedenen Führungsaufgaben im Polizeipräsidium Frankfurt tätig und danach Sicherheitschef der Weltmeisterschaft 2006 in Deutschland.

Auch Spahn benutzt in der Diskussion um Gewalt beim Fußball die Bezeichnung Ultra, der sich als Überbegriff insgesamt wohl durchgesetzt hat. Dabei gibt es Mitglieder dieser Gruppen, die Gewalt ablehnen, Unentschiedene und solche, die sich klar zu Gewalt bekennen. »Ich freue mich vor den Spieltagen immer auf die Auseinandersetzung davor, auf das Spiel im Stadion und dann auf die ›Action‹ danach«, sagt ein Ultra, der anonym bleiben möchte. Michael J.[1], nach eigener Einschätzung ein Hooligan, erzählt, was ihn antreibt: »Es ist halt so 'ne Art des Abreagierens von Frust in der Familie, Frust auf der Arbeit oder so. Andere machen irgendwelche Funsportarten, die viel Geld kosten.« Student Jan G., Anhänger von Borussia Dortmund, hat beobachtet: »Die Bereitschaft zu Gewalt nimmt extrem zu. Die Leute haben viel mehr Verständnis für Gewalt.«

In Deutschland ist die Situation schon mehrmals so eskaliert, dass es Tote gab. 1982 starb bei einem Spiel des Hamburger SV am Volksparkstadion durch einen Steinwurf der 16 Jahre alte Adrian Maleika, ein Anhänger von Werder Bremen. 1990 kam in Leipzig beim Oberligaspiel zwischen Sachsen Leipzig und dem FC Berlin Mike Polley durch einen Schuss aus der Pistole eines Polizeibeamten zu Tode. 1992 wurde ein 24-jähriger Mann aus Lünen auf der Heimfahrt vom Bundesligaspiel Borussia Dortmund gegen Schalke 04 am Bahnhof in Dortmund-Derne erstochen.

Trotz aller Überzeugungsarbeit für friedliches Verhalten beim Fußball kommen Ordnungsbehörden und Fußballorganisationen letztlich nicht umhin, auf das Gewaltphänomen zu reagieren. Niemand glaubt, es irgendwann mal ganz beseitigen zu können. Helmut Spahn sagt: »Man wäre völlig blauäugig, wenn man mit einer Zielvorstellung arbeiten würde, irgendwann die Gewalt aus dem Fußball völlig zu verbannen. Genauso wie es keine Gesellschaft ohne Kriminalität geben wird, egal welche Rechtsprechung und egal welche sozialen Gefüge wir haben, genauso wird es auch niemals einen völlig gewaltfreien Fußball geben.«

Als Konsequenz aus dieser These wird der Sicherheitsstandard in den Stadien immer weiter verbessert. Schon beim Bau der modernen, mit Blick auf die WM 2006 entstandenen Arenen in Deutschland ist die Hooligan-Problematik in die Planungen eingeflossen. Gerade bei Schalke 04 z. B. ist das offensichtlich. »Mit dem neuen Stadion hat sich alles geändert«, stellt Burkhard Mathiak fest. 2001 löste die Arena das einen Steinwurf entfernte Parkstadion aus den siebziger Jahren ab. Dort standen Schalke- und Gästefans unmittelbar nebeneinander, da sind – so erinnert sich Mathiak – »die Hools direkt rüber über den Zaun«. Jetzt sind die Bereiche von Heim- und Gästefans völlig getrennt, überall Kameras installiert und die Tickets elektronisch. Damit lassen sich die Gruppen noch leichter separieren, und nicht einmal mehr ihre Anfahrtswege überschneiden sich.[26] Der Aufwand dafür ist immens, in Gelsenkirchen bieten Polizei und private Sicherheitsdienste pro Spiel zusammen etwa 700 Ordnungskräfte auf.

Deshalb verlagern sich die gewaltsamen Auseinandersetzungen in die Zeit vor und nach den Spielen und immer weiter vom Stadion weg, besonders auf die An- und Abreisewege.[27] Doch selbst dort ist die Polizei inzwischen aber gleichfalls immer stärker präsent.[28] Das missfällt Anhängern und Ultras wie Jan G.: »Gerade bei Auswärtsspielen, wenn man ankommt und der ganze Bahnhof von behelmten Polizisten abgesperrt ist, die schon einen Knüppel in der Hand haben, da denkt man gleich: ›Schön, ich bin ja richtig willkommen.‹ Da ist von Grund auf eine aggressive Stimmung, und dann reicht manchmal nur ein kleiner Funke, der das Fass zum Überlaufen bringt.« Andererseits unterbindet die Gegenwart der Ordnungskräfte Gewalttaten.

In den Stadien und im direkten Umfeld hat das eine Tendenz »weg von direkter körperlicher Auseinandersetzung« zur Folge, findet der ehemalige Fanprojektleiter Burkhard Mathiak. »Sie versuchen eher durch Feuerwerke und Nebelbomben auf sich aufmerksam zu machen.«

Da die Bundesligaspiele inzwischen so gut gesichert sind, haben die Schläger eine Alternative aufgetan: Spiele von Nachwuchsmannschaften. Ein Jugendspiel zwischen Schalke 04 und Borussia Dortmund wird 2009 wegen Randalierern abgebrochen, das Amtsgericht Gelsenkirchen-Buer verhängt daraufhin sieben Stadionverbote. Gelegentlich werden sogar Spiele im Nachwuchsbereich wegen drohender Gewalt abgesagt.

Das Problem ist nicht auf den Profifußball begrenzt. Selbst Begegnungen der vierten Liga oder darunter erfordern heute manchmal ein ähnlich großes Aufgebot an Ordnungskräften. Einige Traditionsklubs, besonders aus den neuen Bundesländern, finden sich teilweise in der Oberliga wieder, ihr Potenzial an gewaltbereiten Fans aber ist noch immer nicht kleiner geworden.[29] Sogar in den untersten Klassen sind immer häufiger Sicherheitskräfte im Einsatz.[30]

1,5 Millionen Arbeitsstunden der Polizei erfordern diese Spiele Jahr für Jahr, denn neben den normalen Aufgaben, die notwendig sind, wenn sich zehntausende Menschen bei Großveranstaltungen an einem Ort begegnen, fallen beim Fußball Sonderschichten für die Maßnahmen gegen diese mitunter brutale Gewalt an. Körperverletzungen (28 %), Landfriedensbruch und Sachbeschädigung (je 10 %) sind die häufigsten Delikte, die Täter sind ganz überwiegend männlich und zu zwei Dritteln zwischen 15 und 25 Jahren alt.

Viele Fachleute vertreten die Auffassung, dass die Probleme unserer Gesellschaft im Fußball nur ein Ventil fänden und die Gewaltprobleme im Umfeld der Sportarenen nur die gesellschaftlichen Konflikte abbildeten. Zum selben Schluss wie DFB-Sicherheitschef Helmut Spahn kommt u. a. auch Konrad Freiberg, der Bundesvorsitzende der Gewerkschaft der Polizei: »Die Entwicklung der Gewalt in unserer Gesellschaft ist erschreckend, nicht nur im Ausmaß, sondern auch ihre zunehmende Brutalität. Aber der Fußball ist nicht die Ursache.«

Doch trotz der häufigen Wiederholung bleibt diese These zweifelhaft. Andere Großereignisse wie Musikkonzerte, Messen oder selbst Jahrmärkte haben nicht dieses Gewaltpotenzial, andere Sportarten ebenfalls nicht. Von Leichtathletik oder Reitturnieren gar nicht zu reden, aber selbst rauer Mannschaftssport wie Eishockey oder Handball bleibt im Umfeld bis auf wenige Ausnahmen in Deutschland friedlich.

Und selbst das Gewaltproblem beim Fußball ist außerhalb Europas weitaus geringer, was dagegen spricht, dass sich im Schatten der Flutlichtmasten die gesellschaftlichen Schwierigkeiten abbildeten. In Asien, Australien und Nordamerika ist das Phänomen beim Fußball unbekannt. In Südamerika, wo Kriminalität in den meisten Ländern die in Deutschland weit übersteigt, geht es in den Stadien wild zu, doch Straftaten bleiben in vielen Ländern – abgesehen vom Problem mit Pyrotechnik – die Ausnahme. Nur Argentinien hat große Schwierigkeiten mit Gewalt in den Stadien, in Brasilien dagegen ist das Phänomen zu vernachlässigen. »Da entzündet sich mal eine Schlägerei an einer Schiedsrichterentscheidung im Spiel, aber diese organisierte Gewaltszene wie hier gibt es nicht«, berichtet ZDF-Reporter Béla Réthy, der in Sao Paulo aufgewachsen ist.

Sogar in Südafrika, wo die Zahl von Tötungsdelikten in Relation zur Bevölkerungszahl 40-mal so hoch ist wie in Deutschland, spielt Gewalt beim Fußball keine Rolle. Selbst beim Derby der beiden Erzrivalen aus dem Johannesburger Township Soweto geht es versöhnlich zu. »Das Schöne an den Matches ist das fröhliche Miteinander. Da sitzen Anhänger der Kaizer Chiefs einträchtig neben denen der Orlando Pirates«, erzählt Tumi Makgabo, die bekannteste Sportmoderatorin im Fernsehen. Im Fußballstadion »ist Hooliganismus bei uns ein Fremdwort«.

15

Nach Lens wird nicht nur »viel über die Sinnhaftig-
keit unserer Arbeit diskutiert«, wie der damalige Fanprojektleiter Burkhard Mathiak festgestellt hat. Auch
der Deutsche Fußball-Bund zieht Konsequenzen: Der
DFB gründet eine Task-Force, die sich des Gewaltpro-
blems beim Fußball annimmt, das der DFB schon seit
Jahren bearbeitet hat, und bündelt diese Aufgabe in einer
eigenen Hauptabteilung »Prävention und Sicherheit«
mit inzwischen sieben festen Mitarbeitern und Helmut
Spahn als Leiter. Nach seiner Ansicht »trägt Lens dazu bei,

dass alle Parteien sensibler und professioneller mit dem Thema umgehen«.

Die Zusammenarbeit verschiedener Polizeidienststellen wird verbessert, bei internationalen Spielen sind jetzt immer deutsche Delegationen vor Ort, die auch in das Polizeikonzept eingebunden sind. Spahn: »Das ist heute Standard.« 1998 war das anders: Damals liefen die deutschen Gäste nur beratend, ohne eigene Kompetenzen, neben den französischen Gendarmen her. Der DFB und auch andere nationale Verbände intensivieren zudem Fanarbeit und Fanprojektarbeit.

Schon bei der Europameisterschaft 2000 in Belgien und den Niederlanden wird dieses neue Konzept erfolgreich angewendet. Unauffällig bleibt auch die nächste Weltmeisterschaft in Japan und Südkorea 2002, denn dort ist das Gefahrenpotenzial geringer, weil die große Entfernung es den Gruppen gewaltbereiter europäischer Anhänger unmöglich macht, zu den Spielorten zu kommen. Dass das Weltturnier in Deutschland 2006 zum Sommermärchen wird, liegt auch daran, dass es, »was die Sicherheit betrifft, eine sehr, sehr vorzeigbare WM« ist, wie Helmut Spahn bilanzieren kann, der Sicherheitchef des Turnieres zwischen Hamburg und München.

Die Kommunikation der Polizei der verschiedenen Staaten ist inzwischen optimiert, allein drei internationale Konferenzen unter Leitung des Bundesinnenministeriums gehen dem Turnier voraus. Nicht nur alle Teilnehmerländer sind eingeladen, sondern auch die Nachbarstaaten und sogar die Staaten, die von ausländischen Fans bei der Anreise nach Deutschland durchquert werden. »Die Zusammenarbeit war so eng wie bei keinem Turnier«, findet Spahn.

Die Präsenz fremder Polizeidelegationen in eigenen Uniformen während der Weltmeisterschaft hat verschiedene Vorteile. Der größte ist, dass die Anhänger klar erkennbare Ansprechpartner haben, die ihre Landessprache beherrschen. Das großflächige Angebot von Public Viewing führt ebenfalls zur Deeskalierung, da es auch denen ein Gemeinschaftserlebnis möglich macht, die nicht in den Besitz von Eintrittskarten gekommen sind. Die inzwischen eingeführten elektronischen Tickets sind durch das komplizierte Verkaufsverfahren klar an Personen geknüpft, was das Untertauchen in einer anonymen Masse erschwert.

Es gibt 2006 »relativ wenige Vorfälle«, wie Spahn meint, allerdings durchaus nicht wenige Festnahmen. Überwiegend aber sind es Maßnahmen der Prävention, bzw., wie es im Polizeirecht etwas sperrig heißt, vorübergehende »Ingewahrsamnahmen«. Vor dem Spiel Deutschland gegen Polen in Dortmund werden etwa 400 polnische Hooligans festgesetzt, vor einer Begegnung der Engländer eine große Zahl von Verdächtigen von der britischen Insel.

2010 bei der ersten Weltmeisterschaft auf dem afrikanischen Kontinent stellt sich das Thema wie schon acht Jahre davor nicht. Wieder ist es für die gewaltbereite Szene in Europa zu teuer und zu aufwändig, ins Veranstalterland zu reisen. »In Südafrika hatten wir mit diesem Klientel überhaupt keine Probleme«, berichtet Helmut Spahn.

Außerdem wurden die Präventionsmaßnahmen weiterentwickelt. Mit dem großen Fanklub der Nationalmannschaft hat der DFB die Anhänger längst näher an den Verband gebunden, im sogenannten Fan-Village in der Nähe der Hauptstadt Pretoria werden 4.000 Übernachtungen registriert. Der DFB hat, wie Präsident Theo Zwanziger berichtet, »ganz enorme, vom Verband selbst entwickelte

Sicherheitsmaßnahmen vorgegeben, um auf alle möglichen Fälle vorbereitet zu sein«. Dabei spielt auch die Rückbesinnung auf die Vergangenheit eine Rolle. Zwanziger: »Das schwere Verbrechen an Daniel Nivel leitet uns bei solchen Prozessen und schärft unser Bewusstsein.«

★ ★ ★

Fanarbeit ist heute gerade für die Deutsche Fußball Liga (DFL), die die erste und zweite Bundesliga in Deutschland seit 2001 organisiert, ein wichtiges Thema. »In den vergangenen Jahren ist es immer bedeutender geworden, dass die Fans ihren Anforderungen und Bedürfnissen entsprechend betreut werden«, sagt DFL-Geschäftsführer Holger Hieronymus. »Eine entsprechende Qualifizierung der Fanbeauftragten« hält Hieronymus für unabdingbar, um das Zusammenspielen zwischen den Klubs und ihren unterschiedlichen Gruppen von Anhängern zu gewährleisten. Eine Facette der Ausbildung ist ein Deeskalationstraining, das die DFL als Seminar immer wieder anbietet. Umgang mit Gewalt im Fußballalltag bleibt wichtig – mit dem Ziel, eine Atmosphäre zu schaffen, die von gegenseitigem Respekt geprägt ist.

Fanbeauftragte richteten die deutschen Profiklubs etwa Mitte der neunziger Jahre ein, inzwischen sind sie ebenso zwingend vorgeschrieben wie die Position des Sicherheitsbeauftragten. Die Fanprojekte sind Ansprechpartner für Wünsche, Ideen und Sorgen der Anhänger, »lebende Seismografen« der Vereine, wie es im Bundesliga-Magazin[31] mal formuliert wurde, sie organisieren Auswärtsreisen und machen auch fußballferne Freizeitangebote. Daneben leisten die meisten Klubs auch Unterstützung bei weiteren sozialen Problemen und bei Behördengängen. »Ich bin zufrieden mit unserer Arbeit. Wir erreichen, was wir erreichen wollen«, erklärt z. B. Patrick Arnold, der aktuelle Leiter des Schalker Projekts. Abbau von Gewalt und Rassismus ist weiterhin das erste Ziel. Die alte Geschichte um die Gewalttat von Lens beeinträchtigt seine Aufgabe nicht, »ist heute gar kein Thema mehr« für Arnold, der seinen Vorvorgänger im Amt, Burkhard Mathiak, noch nie getroffen hat.

Gerade der Umgang mit den Ultra-Gruppierungen aber bleibt problematisch. Oft genießen sie Privilegien bei den Fußballklubs, haben eigene Räume zur Verfügung, wo sie sich treffen und ihre großen Fahnen und Transparente lagern dürfen. Oft wird ihnen erlaubt, für ihre Choreografien den Stadioninnenraum zu betreten, in manchen Arenen haben sie eigene Podeste in ihrem Zuschauerblock. So gibt es in der Gelsenkirchener Arena auf der Nordtribüne einen erhöhten Stand, von wo ihr »Capo« mit einem Megafon die Sprechchöre vorgibt.

Der Einfluss dieser Gruppen auf die Stimmung in den Stadien ist im Milliardengeschäft Fußball unverzichtbar, dennoch ist die DFL mit dem Verhalten in diesen Zuschauerblöcken nicht völlig einverstanden. »Fakt ist, dass sich insbesondere in der Ultra-Szene viele unbelehrbare und gewaltbereite Anhänger wiederfinden. Diesen Gewalttätern muss in aller Konsequenz entgegengetreten werden«, fordert Geschäftsführer Hieronymus. »Die Privilegien der Ultras stehen auf dem Prüfstand.« Über Sicherheitschecks wie an Flughäfen wird diskutiert, besonders wegen der Bedrohung durch Feuerwerkskörper, die immer wieder auf den Fußballplätzen gezündet werden. Was optisch teilweise ansprechend aussieht, ist aber lebensgefährlich.

Die sogenannten Bengalischen Feuer entwickeln mitunter Temperaturen von weit über 1.000° C und sind wegen ihrer chemischen Zusammensetzung mit Wasser nicht zu löschen – schwerste Verletzungen können die Folge sein.[32]

Das Gewaltproblem stört auch die Fanbeauftragten der ersten und zweiten Bundesliga. In einem offenen Brief wenden sie sich im Frühling 2010 an die Anhänger einschließlich der Ultras und kündigen Gegenmaßnahmen an: »Wir werden nicht tatenlos zusehen, wie sich die Fankultur von innen heraus selbst zerstört.«

Im Herbst 2010 intensiviert die DFL die Arbeit für die Fußballanhänger weiter und ruft einen wissenschaftlichen Beirat für Fanangelegenheiten ins Leben, dem Professoren aus Bielefeld, Bochum, Kassel und Potsdam angehören. Die Einrichtung dieses Beirats geht auf einen Zehn-Punkte-Plan von DFL, DFB und der Innenministerkonferenz der deutschen Bundesländer für mehr Sicherheit im Fußball zurück.

Anfang 2000 wird die Daniel-Nivel-Stiftung ins Leben gerufen, die sich Gewaltproblemen im Fußball widmet. Das Stiftungsvermögen von einer Million Mark kommt zur Hälfte aus Deutschland. Ursprünglich bemüht sich der Deutsche Fußball-Bund, die Organisation selbst zu führen, doch letztlich wird sie unter dem Dach des Weltfußballverbandes FIFA angesiedelt. DFB-Präsident Theo Zwanziger sagt: »Die Daniel-Nivel-Stiftung hat für den DFB eine ganz wichtige Bedeutung. Sie kann durch die Verbindung mit dem Namen Daniel Nivel Botschaften signalisieren und im Bereich der Gewaltprävention zu

Projekten beitragen, die die Risiken auf solche Verbrechen minimieren können.«

Allerdings ist zwischen den Zeilen der deutschen Funktionäre Unzufriedenheit herauszuhören, da die Zahl der Veranstaltungen sehr begrenzt ist. Der DFB wünscht sich wohl, es würde dort mehr und nachhaltiger gearbeitet, denn die Aktionen bisher sind durchaus erfolgreich. Im September 2009 werden in Karlsruhe unter dem Motto »Zukunftswerkstatt: Fußballfans und Polizei – Abbau der Feindbilder« je 40 Polizisten und Fanvertreter aus Deutschland und Frankreich zusammengeführt und nach Ende der dreitägigen Tagung sind alle begeistert. »Wir stehen am Anfang eines hoffnungsvollen Prozesses. Unser Dank gilt den Fans und der Polizei, dass sie sich auf das Abenteuer eingelassen haben, um konstruktiv und engagiert miteinander zu diskutieren. Das macht Mut auf mehr«, freut sich Gunter Pilz, der renommierte Fanforscher. Der DFB-Sicherheitsbeauftrage Helmut Spahn ergänzt: »Wenn wir uns mit dem nötigen Respekt und entsprechender Toleranz künftig Schritt für Schritt konkret aufeinander zu bewegen, werden wir ein wichtiges Ziel erreichen.«

Nachdem die beiden Gruppierungen am ersten Tag zunächst unkommentiert ihre Sicht der Dinge vorgetragen haben, lösen sich in Arbeitsgruppen die zunächst verhärteten Gegensätze teilweise auf. Was in vergleichsweise aggressivem Klima beginnt, wird später richtig harmonisch. Spahn berichtet: »Am zweiten Tag waren die Leute dann beim ›Du‹ und haben zusammen Lieder gesungen.« Das wesentliche Ergebnis: Oft ist mangelnde Kommunikation für Feindbilder verantwortlich, eine vernünftige Verständigung macht vieles leichter. Zu hohe Erwartungen allerdings dämpft Michael Gabriel, der Leiter der Koordinationsstelle Fanprojekte: »Wir müssen darauf achten, dass das zarte Pflänzchen, das am Wachsen ist, nicht durch zu hohen Erwartungsdruck kaputt gemacht wird. Denn grundsätzlich gilt, dass Polizei und Fans zwei absolut unterschiedliche Gruppierungen mit unterschiedlichem Auftrag und Selbstverständnis sind.«

DFB-Präsident Zwanziger hofft, die Wirkung der Stiftung zukünftig noch verbessern zu können: »Aus deutscher Sicht wäre es wünschenswert, dass der Name Daniel Nivel auch national genutzt werden würde im Kampf des DFB gegen Diskriminierungen, Fremdenhass oder Gewalt.«

Eine gesellschaftliche Verantwortung des Fußballs nimmt auch der Sozialarbeiter Burkhard Mathiak wahr. »Gerade über Fußball kann man eine Menge bewegen«, findet er und sieht »die Vereine in der Verantwortung«. In Zeiten wachsender sozialer Probleme und steigender Perspektivlosigkeit böten die identitätsstiftenden Fußballklubs eine der letzten Möglichkeiten, »auf die Kids Einfluss zu nehmen«. Eine Zusammenarbeit von Vereinen und Jugendhilfe könne da viel bewirken.

Obwohl er aus diesem Berufsfeld durch seine Aussage im Prozess 1999 unfreiwillig ausgeschieden ist, bereut er seine Entscheidung von damals nicht. »Das hat besser zu mir gepasst, als wenn ich nichts gesagt hätte«, ist sich Burkhard Mathiak sicher. Er wünscht sich, dass auch andere gelegentlich darüber nachdenken, ob sie nur eigene Interessen verfolgen. »Man muss doch auch mal die Interessen der Allgemeinheit vertreten.« Der römische Philosoph und Staatsmann Seneca hat das Thema schon vor 2.000 Jahren prägnant zusammengefasst: Die Mühen eines rechtschaffenen Bürgers sind nie nutzlos.

Lens, Rue Pruvost, 2010.

Foto: Tibor Meingast

117

ANMERKUNGEN

(1) Aus rechtlichen Gründen ist diese Person in diesem Buch anonymisiert. Der Buchstabe nach dem Vornamen ist nicht der erste des richtigen Nachnamens, sondern frei gewählt.

(2) Spiegel-Online zitiert Frank A. so in einem Prozessbericht am 14. 10. 1999.

(3) Heute befindet sich das Büro des Fanprojekts auf dem Gelände der ehemaligen Zeche Consol, nicht mehr neben den nach wie vor genutzten Räumen in der Glückaufkampfbahn.

(4) Die aktuelle Schalker Arena existierte 1998 noch nicht. Sie wurde erst später gebaut und 2001 eingeweiht.

(5) Aktenzeichen 70 Js 820/98

(6) Paragraf (§) 52 der Strafprozessordnung (StPO)

(7) § 53 StPO

(8) § 54 StPO

(9) § 55 StPO

(10) Michael Soiné, Hans Georg Engelke: Das Gesetz zur Harmonisierung des Schutzes gefährdeter Zeugen, Neue Juristische Wochenschrift 2002, S. 470 ff.

(11) Der sperrige Name war nötig, da schon ein »Zeugenschutzgesetz« seit dem Jahr 1998 existierte. Das regelte aber eine weitgehend andere Problematik: den Schutz von Zeugen bei der Vernehmung und den Opferschutz.

(12)   Art. 2, Abs. 1, Art. 20, Abs. 3 des Grundgesetzes

(13)   BGH vom 15. 12. 2005; Aktenzeichen 3 StR 281/04

(14)   § 1 des Gesetzes zur Harmonisierung des Schutzes gefährdeter Zeugen

(15)   Weitere Gerichtsverfahren finden in Bochum und Frankreich statt. Den dort Beschuldigten Daniel F. und Markus C. kann zwar die Beteiligung an den Krawallen in Lens, nicht aber am Verbrechen an Daniel Nivel nachgewiesen werden. Deshalb stehen die beiden nicht auch in Essen vor Gericht.

(16)   In einer Meldung vom 25. August 1999

(17)   Adresse heute: Ernst-Kuzorra-Weg 1

(18)   § 55 StPO

(19)   Im Beschlussverfahren. Es kommt zu keinem weiteren Urteil.

(20)   Drei Jahre zuvor war mit Gerd Voß der erste reine Pressesprecher eingestellt worden; heute sind in diesem Ressort mehr als ein Dutzend Mitarbeiter beschäftigt.

(21)   Gerd Voß, Jörg Seveneick, Thomas Spiegel: »100 Schalker Jahre«, Essen 2004, sehr lesenswert.

(22)   Auch 1994 musste Deutschland mit 1:2 gegen Bulgarien die höchste Viertelfinalniederlage hinnehmen, allerdings gemeinsam mit Spanien (1:2 gegen Italien), wurde also Siebter. 1962 wurde Deutschland Sechster, 1978 Fünfter, als statt eines Viertelfinales eine zweite Finalrunde ausgetragen wurde. Sonst kam die deutsche Mannschaft immer sogar ins Halbfinale oder Finale.

(23)   Von Bernd Weisener und Tibor Meingast. Ein Grund für die gute Einschaltquote war auch die Ausstrahlung unmittelbar im Anschluss an die Übertragung

eines Freundschaftsspiels zwischen der Schweiz und Deutschland sowie weiterer Länderspiele.

(24) Jahresbericht Fußball, Saison 2008/09

(25) Heute ist Hoeneß Präsident des FC Bayern München.

(26) Noch ist das aber nicht überall möglich, gerade alte Stadien erfüllen diese Voraussetzungen nicht. Das Wildparkstadion in Karlsruhe hat praktisch nur einen Zugang aus der Stadt über den Adenauerring. Im brisanten Derby gegen Stuttgart, in der Bundesliga zuletzt 2008/09, werden die Gästefans immer über den Bahnhof des Stadtteils Durlach und von dort mit Bussen ins Stadion gebracht. Wenn sie aus den Bussen auf ihre Plätze gehen, wird der Adenauerring für andere Passanten kurz gesperrt. Die Stuttgarter grölen Parolen wie »Scheiß-KSC« oder »Karlsruh, Karlsruh, wir scheißen euch zu!«, im September 2007 nach dem Titelgewinn des VfB auch: »Kniet nieder, ihr Bauern, der Meister ist zu Gast.« Um eine Eskalation zu verhindern, arbeiten beide Klubs intensiv mit der Polizei zusammen. Thomas Weyhing, der Sicherheitsbeauftragte des VfB, berichtet: »Wir sind seit sechs Wochen mit dem KSC in Kontakt und mit der Polizei. Wir haben verschiedene Maßnahmen ergriffen, um dieses Spiel heute sicher über die Bühne zu bekommen.« Der Gastverein aus Stuttgart hat sogar eigene Ordner mitgebracht für den VfB-Fanblock und eine ganzseitige Anzeige im Karlsruher Stadionheft geschaltet, mit einem Appell gegen Gewalt. Außerdem hat Stuttgarts Pressesprecher – anders als sonst – alle Beteiligten zur Zurückhaltung ermahnt. Oliver Schraft

erklärt die Strategie: »Wir mussten einfach sehr vorsichtig sein, um es mal so zu formulieren. Wir haben halt versucht, überall deeskalierend einzugreifen, bei sämtlichen Interviews, die Trainer, Manager, Spieler geführt haben – dass da kein falsches Wort rüberkam.« Bei jedem Spiel im Karlsruher Wildparkstadion bleibt ein Sicherheitskorridor zwischen einheimischen Anhängern und Gästefans. Ein Zuschauerblock bleibt völlig frei, dort stehen nur ein Dutzend Polizisten. Dem Verein entgehen dadurch pro Jahr mehrere hunderttausend Euro.

Die Zitate stammen aus der ZDF-Dokumentation »Kampfzone Fußball« aus dem Jahr 2008.

(27)   In Bielefeld werden teilweise Fangruppen von einer Hundertschaft der Polizei vom Hauptbahnhof in das etwa drei Kilometer entfernte Stadion eskortiert. Die Polizei baut sich dann am Bahnhof auf, flankiert die Fangruppe, geleitet sie über kleinere Straßen ins Stadion. Die Fußballanhänger nehmen dann die ganze Breite der Straße ein, die Polizei lässt niemanden aus diesem Bereich heraus. Die Beamten tragen dabei in der Regel Helme und Beinschoner, eine Aufmachung, die an Darth Vader im »Krieg der Sterne« erinnert.

(28)   Ein Beispiel aus dem Herbst 2007: Das Bundesligaspiel zwischen Borussia Dortmund und Eintracht Frankfurt gilt als besonders gefährlich. Es hat nicht die allerhöchste Gefahrenstufe, aber schon deutlich über dem Durchschnitt. Dann treffen sich am Samstagmorgen um acht Uhr im Dortmunder Polizeipräsidium Martin Gaide und seine Kollegen, szenekundige Beamte. Sie bereiten sich vor, sammeln

letzte Informationen und tauschen sich mit den aus Frankfurt angereisten Kollegen aus. »Habt ihr derzeit aktuelle Erkenntnisse aus Frankfurt?«, fragt Gaide dann beispielsweise. »Nein. Es ist so, wie wir es in den letzten Tagen gemeldet haben. Wir haben derzeit 750 Personen auf dem Sonderzug«, erhält er als Antwort. Vor diesem Sonderzug aus Frankfurt kommen gegen 13 Uhr bereits Fußballfans mit der S-Bahn an, es gibt Randale auf dem Bahnsteig, Bierflaschen fliegen und gehen zu Bruch. Die Polizei schreitet ein, dann stürmen die Frankfurter Anhänger los – querfeldein, über eine Böschung, die Stimmung ist aufgeheizt. Anhänger zeigen den Ordnungskräften Drohgebärden, unternehmen aber wohl angesichts der großen Präsenz der Gegenseite nichts. Gaide hat beobachtet, dass da »die Hemmschwelle alkoholbedingt immer niedriger wird«. Die Frankfurter Gruppe weigert sich nach ersten Festnahmen zunächst weiterzugehen. Einsatzleiter Peter Andres erklärt: »Die Frankfurter Fans fordern, dass ihr Kumpel, der in Gewahrsam genommen wurde, wieder freigelassen wird.« Das geschieht nicht, doch auf Zureden mehrerer Polizisten lenken die Eintracht-Anhänger ein und werden von der Polizei dann durch die große Menge Dortmunder Fans zu ihrem Zuschauerblock geleitet, der an sich der dem Bahnsteig gegenüberliegenden Seite des Stadions befindet. Die Polizeitaktik ist erfolgreich. Sie hat die aufgebrachten Menschen »einfach stehen lassen, geschaut, wie sie sich verhalten, keinen Druck ausgeübt« (Gaide). In Deutschlands größtem Stadion – mit 75.000 Zuschauern gut gefüllt – sieht es aus wie in einem Hochsicherheitstrakt. Aus einer Leitzentrale mit Dutzenden an Monitoren ordnet die Polizei ihren Einsatz. Von hier aus wird jeder Winkel der Arena mit ferngesteuerten Kameras überwacht. Gewalttäter haben so gut wie keine Chance; wer sich danebenbenimmt, wird gefilmt und später festgenommen – die vollständige Kontrolle, das hat sich in der gewaltbereiten Fanszene längst rumgesprochen. Hooligan Michael S. glaubt: »Das hat sich heutzutage im Gegensatz zu früher schon extrem gewendet. Heute passiert kaum noch etwas im Stadion oder ums Stadion herum, dank der guten Polizei, die mit Video, mit Kontaktbeamten oder sonst irgendwas ›unterwegs‹ ist. Früher ist man ins Stadion gegangen und einer von uns ist halt rüber in den anderen Block und hat mit bekannten oder nichtbekannten Leuten irgendwelche Sachen ausgemacht, von wegen ›nach dem Spiel auf der oder der Wiese. Versucht, euch da rauszuschleichen, wir treffen da auf euch.‹ Das ist heute nicht mehr möglich.« Für die Polizei sind Stadionverbote wirksame Mittel, um Gewalttäter auf Abstand zu halten. Vor dem Stadion an der Dortmunder Strobelallee entdeckt Martin Gaide zwei Frankfurter Fans, gegen die solche Verbote verhängt sind. Er weist sie darauf hin, dass sie sich hier nicht aufhalten dürfen, daraufhin ziehen sie Richtung Hauptbahnhof ab. Trotz der in der zweiten Halbzeit einsetzenden Dunkelheit passiert nichts Aufregendes mehr, wie auch auf dem Spielfeld, wo es ein 1:1 gibt. Dennoch werden noch weitere Unruhestifter abgeführt, die Hände auf dem Rücken, mit Kabelbindern zusammengehalten. Die Bilanz des Polizeieinsatzes: 17 Festnahmen, 20 Anzeigen – ein ganz normaler Tag in der Bundesliga.

Die Zitate stammen aus der ZDF-Dokumentation »Kampfzone Fußball« aus dem Jahr 2008.

(29) Ein Beispiel aus Leipzig, ebenfalls Ende 2007. Zum Stadtderby in der Oberliga zwischen Lokomotive und der zweiten Mannschaft von Sachsen fährt Kriminalhauptkommissar Jack Dietrich mit unangenehmen Ahnungen: »Das ist das Problem mit dem linken Klientel: Es ist sehr aggressiv, auch gegenüber der Presse. Von Rechtsstaatlichkeit dieser Gruppierungen ist absolut nichts zu sehen.« Es dauert nicht lange, bis sich gewaltbereite Fans feindlich gegenüberstehen, überwiegend vermummt mit Tüchern vor Nase und Mund. Dazwischen Hundertschaften der Bereitschaftspolizei. Für eine Minute sieht es aus wie in einem Bürgerkrieg. Leuchtraketen, Rauchbomben und Pflastersteine werden geworfen. Doch so schnell die Schlägerei begonnen hat, so schnell ist sie auch wieder vorbei. Die Polizei bleibt gelassen, unternimmt nichts. Sie stellt keine Personalien fest, schreibt keine Anzeige. Ungestraft dürfen die Steinewerfer gehen. Was nach Hilflosigkeit aussieht, sei Einsatztaktik, sagt Polizist Dietrich: »Das ist natürlich das Problem. Aus dieser Masse heraus jetzt Festnahmen zu tätigen, ist ein sehr schwieriges Unterfangen, zu gefährlich. In erster Linie geht's erst mal um die Sicherheit der Beamten, und es geht auch darum, die Lage zu bereinigen. Das ist unser Hauptanliegen.« Im Zentralstadion gibt es für Störer sogar eine Handvoll Gefängniszellen. Im Spiel

fliegen wieder die verbotenen Leuchtraketen, Fans der Gegner suchen die Auseinandersetzung, der Schiedsrichter muss das Spiel unterbrechen. Weiter gibt es dann keine Vorkommnisse, aber Hauptkommissar Dietrich zieht resigniert Bilanz: »Das Abreagieren auf Missstände im privaten Leben spielt da eine Rolle, auch Frustabbau gegenüber dem Staat.« *Die Zitate stammen aus der ZDF-Dokumentation »Kampfzone Fußball« aus dem Jahr 2008.*

(30) Die Beispiele aus unteren Klassen werden immer häufiger. Das Problem bereitet auch dem Deutschen Fußball-Bund zunehmend Sorgen. Sicherheitsexperte Helmut Spahn sagt: »Dort gibt es zum Beispiel Schlägereien, wo Personen mit Beckenbruch und mit mehreren Knochenbrüchen ins Krankenhaus gebracht werden. Aus der Spielsituation heraus beteiligen sich dann plötzlich auch Eltern, Betreuer und Trainer. Die Hemmschwelle, dann tatsächlich unterschiedliche Auffassungen mit Gewalt auszutragen, sinkt.«

(31) 4/2010

(32) Beim Bundesligaspiel Bochum gegen Nürnberg am 27. 2. 2010 gab es z. B. neun Verletzte, die in Krankenhäuser eingeliefert wurden. Einer Nürnbergerin drohte zeitweise die Amputation eines Fußes. Die Suche nach den Feuerwerkskörpern bei den Eingangskontrollen ist sehr schwierig, weil die Einzelteile, aus denen die Brandsätze oft erst in den Stadien zusammengebaut werden, teilweise deutlich kleiner als Kugelschreiber sind. Oft werden die Feuerwerkskörper auch an nicht einsehbaren Stellen von außen durch die Gitter der Zäune gereicht.

Danksagung

Mein Dank für ihren Rat, ihre Ideen, ihre Zeit und ihre Geduld geht insbesondere an Burkhard Mathiak und an all die Menschen, die mit ihren Informationen dieses Buch überhaupt erst möglich gemacht haben, außerdem an Bernd Beyer, Lena Lüling, Egbert Gössing, Harald Stenger, Konrad Kordts, Rainer Katriniok, Ulrich Semmler, Heike Dahl, Frank Federau, Rudolf Isphording, Henning Caje, Stephan Brause und Michaela Hayer. Sie haben alle zum Gelingen des Buches beigetragen. Die Fehler stammen allein von mir.

Der Autor

Foto: Jürgen Fromme, firo

Tibor Meingast, 1959 in Fulda geboren, arbeitet seit 20 Jahren als Sportredakteur für das ZDF und schreibt daneben gelegentlich für verschiedene Tageszeitungen und Magazine. Er ist außerdem Jurist, hat beide Staatsexamen abgelegt, jedoch nie einen juristischen Beruf ausgeübt. Meingast, einst Abwehrspieler bei der SG Edelzell in der Fuldaer Kreisliga B, ist verheiratet, Vater von vier Kindern und lebt mit seiner Familie in Bottrop.

Zum Weiterlesen

Christoph Ruf
„Ist doch ein geiler Verein"
Reisen in die Fußballprovinz
240 S., Paperback
ISBN 978-3-89533-596-9
€ 16,90

In der Provinz schreibt der
Fußball oft die schönsten
Geschichten.
„Ein etwas anderes Sittengemälde
des deutschen Fußballs."
(Tagesspiegel)

„Fußballbuch des Jahres" 2008

Ronny Blaschke
Im Schatten des Spiels
Rassismus & Randale im Fußball
240 S., Paperback, Fotos
ISBN 978-3-89533-555-6
€ 16,90

„Die Art, wie der Autor das heikle
Thema umsetzt, fasziniert. Er
bringt Täter zu offenen Beichten
und zeigt, wie Opfer Erlebtes
kompensieren." (11Freunde)

„Fußballbuch des Jahres" 2007

Deutscher
Fußball-Kulturpreis®

VERLAG DIE WERKSTATT